CORMORAN

RIO DE JANEIRO

Die mächtige Statue «Cristo Redentor» auf dem Corcovado.

CORMORAN

RIO DE JANEIRO

Fotos: Martin Wendler
Text: Klaus Hart

Die Copacabana, der weltberühmte Strand von Rio de Janeiro.

INHALT

Rio de Janeiro – traumhaft gelegene Millionenstadt. Rechts die Christusstatue, im Hintergrund links der Zuckerhut.

HIMMEL UND HÖLLE

Rio ist anziehend, sinnlich, verführerisch und abschreckend zugleich wie keine andere Stadt, voller Extreme, für Kopfmenschen aus der Ersten Welt eine einzige Provokation.

Wer mit viel Zeit im Gepäck in Rio ankommt und sich gelassen den paradiesischen, aufregend-abenteuerlichen Seiten dieser Metropole widmen kann, ist zu beneiden, denn vieles Wichtige, Kuriose, Einmalige entdeckt man erst auf den zweiten, dritten oder gar vierten Blick.

Das berühmte Wahrzeichen, jener 396 Meter hohe Granitfelsen am Eingang der Guanabarabucht, ist indessen unübersehbar. Von dort oben, vom Zuckerhut, erscheint Rio bei klarblauem Himmel tatsächlich als Traumstadt, da stimmen die Klischees und die Postkartenansichten – und von dort oben sieht man die Strände, an denen sich die Einheimischen, die Cariocas, tummeln. Sie sind die Hauptattraktion dieses weltgrößten Badeortes, mit ihnen kann man die verrücktesten, göttlichsten Dinge erleben.

In Groß-Rio, dem zweitwichtigsten Wirtschafts-Standort in Brasilien, mit seinen über sieben Millionen Einwohnern wird hart gearbeitet. Doch wann immer möglich, nach Schul- und Büroschluß und an den Wochenenden, strömen die Cariocas zum beliebtesten Treffpunkt – ans Meer –, um zu plaudern, zu flirten, Volley- und Fußball zu spielen, zu träumen, um sich an der wundervollen Naturkulisse und den allerorten ausgebreiteten erotischen Reizen zu berauschen und, eher nebensächlich, hin und wieder in die Fluten zu springen.

Rio hat eine spektakuläre Lage und das angenehme Tropenklima rund ums Jahr zu bieten – in solchem Ambiente lebt und liebt es sich natürlich anders als in Gegenden mit Winterkälte, Nebel, Nieselregen und relativ kurzen Sommern. Herrliche Sonnenaufgänge und Tagesdurchschnittstemperaturen zwischen 25 und 30 Grad wirken zweifellos stimulierend und fördern einen Lebensstil, bei dem das Körperlich-Sinnliche tonangebend ist und das Intellektuell-Rationale eher ein Schattendasein führt.

Die Ehre, Carioca zu sein

Der samstägliche Spaziergang von Leme bis zum Fort von Copacabana, fortgesetzt in Ipanema, entlang der Wasserlinie, macht manchen Erstbesucher perplex: So viele schöne Menschen, so viele gelöste, fröhliche Gesichter, wie ist das möglich? Hunderttausende von Cariocas aller Hautfarben und Altersgruppen, Großfamilien und Einzelgänger, verlustieren sich im Sand und in den Wogen auf köstlichste Weise. Kein anderer vergleichbarer Ort auf der Erde ist in dieser Beziehung auch nur annähernd so faszinierend.

Ein so poetisches Lied wie das berühmte «Garota de Ipanema» (von Musikmoderatoren meist falsch als «Girl from Ipanema» angekündigt) konnte nur hier erfunden werden. Rios Frauen identifizieren sich mit der Besungenen, gehen, sprechen, kleiden sich wie diese, mögen es, wenn die eigene, natürliche «Sensualidade» bemerkt wird, wenn Männer *und* Frauen auf die erwünschte Weise reagieren. Mir, dem Gringo, wie man in Brasilien fast alle Ausländer nennt, würden es die Garotas ebenfalls übelnehmen, wenn ich sie nicht ganz offen anschaute, vorzugsweise bewundernd, mit Sympathie. Die Uhren gehen hier anders als in Europa. Und es ist keineswegs ungewöhnlich, daß ein Mann stehenbleibt, einer Frau nachschaut und eher zu sich selbst sagt, murmelt: que beleza! – was für eine Schönheit!

In den Touristenhotels, an den Swimmingpools, an den Stränden drängt sich der Gedanke geradezu auf: Der liebe Gott, nach fester Überzeugung der Cariocas ein Brasilianer, hat es mit diesem hochmusikalischen, tanzwütigen Völkchen am Zuckerhut besonders gut gemeint. Wir Gringos wirken daneben steif, linkisch, wenig elegant und ziemlich unerotisch.

Der österreichische Schriftsteller Stefan Zweig brachte es bereits vor über 40 Jahren in seinem Exilort nahe Rio auf den Punkt: «Was den Brasilianer physisch und seelisch charakterisiert, ist vor allem, daß er zarter geartet ist als der Europäer, der Nordamerikaner. Der wuchtige, der massige, der hochaufgeschossene, der

«Konkurrenz» für die Copacabana: die Strände Praia Ipanema und Praia Leblon. Im Hintergrund die Berge Dois Irmãos.

Auf der Strandpromenade von Ipanema trifft sich jung und alt zum Radfahren, Joggen und Spazierengehen.

starkknochige Typus fehlt beinahe vollkommen. Ebenso fehlt im Seelischen – und man empfindet es als Wohltat, dies vertausendfacht zu sehen innerhalb einer Nation – jede Brutalität, Heftigkeit, Vehemenz und Lautheit, alles Grobe, Auftrumpfende und Anmaßende. Der Brasilianer ist ein stiller Mensch, träumerisch gesinnt und sentimental, manchmal sogar mit einem leisen Anflug von Melancholie [...]»

Rio antigo – die Altstadt

Rio de Janeiro wird von der Tourismusindustrie gewöhnlich auf die berühmten Stadtteile Copacabana und Ipanema mit ihren vorgelagerten Stränden reduziert. Dabei handelt es sich, wenn man genauer hinschaut, doch nur um ziemlich uniforme, gesichtslose Neubauviertel aus Billigbeton, in denen vom wahren «Espírito» dieser Stadt nicht allzuviel zu spüren ist.

Das Kontrastprogramm bietet Rio antigo, die Altstadt. Sie ist keineswegs eine feine Gegend, doch tausendmal authentischer und brasilianischer als die von Gutbetuchten und der Schickeria dominierten Distrikte der Zona Sul.

Am Praça Tiradentes, dem einstigen kulturellen Mittelpunkt Rios, ist täglich spätnachmittags Musikerbörse – ohne Computer, Schalter, Formulare, Verträge. Schließlich sind wir in einer Drittweltstadt, in der man bevorzugt improvisiert, Effizienz und Perfektion dagegen hintanstellt. Auf der Treppe des Teatro João Caetano sitzen die Musiker, angeregt plauschend, fachsimpelnd, alten Zeiten nachhängend. Bisweilen taucht ein Interessent auf, braucht zwei Trompeter, einen Schlagzeuger oder gar eine ganze «Banda» für ein Fest, einen Karnevalsball oder eine Tanzdiele – für die «Gafieira Estudantina» gleich gegenüber, die kleine, seelenvolle «Elite» einen Platz weiter, für «Asa Branca», «Bola Preta», «Café Nice», «Circo Voador» und all die anderen Schwoofplätze.

Immerhin ist Rio de Janeiro die Welthauptstadt des «Dança de Salão», des Salontanzes; unübertroffen zudem im weitgefächerten Angebot nationaler Populärmusik, ob Chorinho, Samba oder Forró. Auf der Bühne des Teatro João Caetano, im Rücken unserer Börsianer von der Vortreppe, ist sie die ganze Woche über bereits in einer ersten Show, wie man hier sagt, um halb sieben Uhr abends, zu hören – und nicht nur dort.

Für die Nachmittagsstunden bietet sich das traditionsreiche «Café Capital» an der Ecke gegenüber an. Hier fühlt man den Puls der Stadt, hat Gelegenheit,

Nachmittägliches Spiel an der Copacabana: Fußball ist Volkssport Nummer eins in Rio.

die Alltagsgesichter der «normalen» Cariocas zu studieren. An diesem verkehrsumtosten Platz strömen sie alle in Scharen vorbei: Alte, Junge, Arbeiter und Führungskräfte, Sekretärinnen und Prostituierte, Bettler und Sektenprediger.

Viele widerstehen dem Geruch des starken, tiefschwarzen «Cafezinho» nicht und holen sich von der Kasse für ein paar Groschen eine grüne Plastikmarke. Dann läuft ein typisches Carioca-Ritual ab: Der Chip wird auf die Weißblechtheke geschnipst, am besten hörbar, die grünuniformierte Garçonete eilt herbei und stellt einem die noch brühwassernasse, heiße, leere Espressotasse hin, den Zuckerschütter oder das Süßstoff-Fläschchen dazu. Der aufmerksame Bewohner des führenden Kaffeeanbaulandes der Welt leert sodann Wasserreste auf die blecherne Untertasse aus und füllt das abgewetzte Porzellan zu einem Drittel, manchmal sogar bis zur Hälfte, mit einheimischem Rohrzucker, der weniger süßt als jener aus Rüben. Von dampfenden Metallbehältern oft beträchtlichen Ausmaßes hat die Garçonete allerfrischesten Kaffee in eine Kanne gezapft und gießt diesen nun flugs und schwungvoll zu; stets bis zum Rand, häufig schwappt auch etwas über. Man schlürft einen Teil, füllt – wenn's beliebt – von der Untertasse nach und ist, sofern es die Sprachkenntnisse erlauben, schon mittendrin in einer «Conversação». Die kontaktfreudigen Cariocas sind neugierig auf jeden Gringo, vor allem, wenn sich dieser in einer so wenig touristischen Gegend wie dem Praça Tiradentes blicken läßt.

An den Wänden des «Café Capital» hängen – auch dies ist typisch für Rio – Käfige mit zwitschernden Vögeln, von denen man allerdings wegen des Buskrachs kaum etwas vernimmt. Und vor dem Stehkaffee sammelt sich nachmittags regelmäßig eine Menschentraube, man diskutiert in beträchtlicher Lautstärke, gestikuliert, lacht, demonstriert hiesige Umgangsformen: Männer umarmen sich bei der Begrüßung, klopfen sich auf die Schultern. Neu hinzukommende Frauen erhalten einen mehr oder weniger dicken Wangenkuß – unter «Homens» wäre er ein gräßlicher Fauxpas, Rußland ist weit.

Mitteleuropäer tun sich häufig mit den sogenannten Körperkontakten etwas schwer, den Cariocas könnte man dies am allerwenigsten vorwerfen. Küsse und Umarmungen, «Beijos e Abraços», sind normal und äußerst wichtig für's persönliche Wohlempfinden. Selbst in Geschäftsbriefen und -telefonaten redet man sich mit dem Vornamen an und schließt statt unverbindlicher freundlicher Grüße mit «Beijos e Abraços».

In London, Hamburg oder Zürich, wo derartiges nicht zum guten Ton gehört, leiden Auslands-Cariocas dementsprechend.

Straßenklamauk und Galgenhumor

Ebenso erstaunlich für Mitteleuropäer ist der kreative Alltagshumor des Cariocas. Am besagten Praça Tiradentes und an zahlreichen anderen Plätzen der Nord- und Südzone treiben das ganze Jahr über die sogenannten «Turmas», bunt zusammengewürfelte Haufen von Spaßvögeln, ihr Unwesen. Wenn Ihnen beim Citybummel auf der früheren Pracht-Avenida Rio Branco oder dem Largo do Carioca eine Truppe nicht mehr ganz junger Herren mit weißem Hemd, Fliege und schwarzem Zylinderhut über den Weg läuft, Transparente schwenkend, womöglich verfolgt von einer Sambakapelle – schließen Sie sich an, das ist die «Confraria do Garoto». Sie würden sonst einen guten Schuß «Carioquice», Stadtmentalität, versäumen.

Falls es die «oben» in Brasilia wieder einmal zu toll treiben, ruft die «Turma» beispielsweise den Tag der Korruption aus und kürt eine Miß Inflation, welche Geldstücke und Rosen in die Menge wirft. Oder ernennt den Gauner, Betrüger des Jahres, der ein Minister oder der Staatschef selber sein kann. Kein Freitag der Dreizehnte ohne den Straßenklamauk der «Turma», die ihre Streiche in einer Stehbar am Blumenmarkt des Centro ausheckt und auf eine Losung nie verzichtet: «De Gaulle hatte recht – Brasilien ist kein ernsthaftes, ernstzunehmendes Land!» Die Ideen, so sagt Xerife von der «Confraria», sprudeln nur so nach dem zehnten Bier, dem «Chope» – Rio de Janeiro ist auch eine Bierstadt par excellence!

Ohne eine andere «Turma» wäre eine der schönsten Altstadtstraßen, die Rua da Carioca, zur Diktaturzeit Angang der achtziger Jahre beinahe zu einer Autobahn plattgewalzt worden – und auf diese einstige Läusestraße und ihre illegalen Glücksspiel-Hinterstübchen bezieht sich immerhin der erste registrierte und verlegte Karnevalssamba aus dem Jahre 1916, «Pelo Telefone». Lokalmatador Roberto Curi, Besitzer des Taschengeschäfts «Mala Ingleza» (Englischer Koffer) macht mit seiner Truppe fast jede Woche in der Rua für den Denkmalschutz des Centro mobil. Er läßt zum Tanz aufspielen, veranstaltet sogar Frauen-Bierwettrinken, sucht die hübscheste unter Rios Straßenkehrerinnen aus und gibt die Stadt-Administratoren der Lächerlichkeit preis. So wurde selbst der dreizehnte Jahrestag eines tiefen, alle Welt behindernden Lochs im Asphalt mit gehörigem Pomp gefeiert. Auch in diesem Falle lautete das Motto: mit Humor gegen die Mächtigen.

Traditionell mangelt es den Cariocas – im Gegensatz zum Rest der Brasilianer – am Respekt gegenüber der Obrigkeit, die sich deshalb auch lieber in die 1300 Kilometer entfernte Retortenstadt Brasília verzogen hat. Mit illustren Ausländern hält man es nicht anders: Nach einem Fußballspiel in Stockholm wurde das brasilianische Team in den königlichen Palast geladen, wo der Carioca Garrincha, bester Nationaltorwart aller Zeiten, den Gastgeber fragte: «Und du bist wirklich ein König? Der einzige, den ich kenne, ist der vom Kartenspiel.»

Stadt der Verliebten und der Liebe

Man kann die Bewohner Rio de Janeiros um allerlei beneiden, auch um ihre romantisch-sentimentale Ader. Wäre ich Werbemanager in Berlin, Wien oder München, hätte ich schon längst Ideen der PR-Kollegen Rios kopiert, welche stets von Ende Mai bis Anfang Juni eine Umsatzlawine auslösen und die Cariocas fast wie vor Weihnachten Kaufhäuser und Boutiquen stürmen lassen. Denn es geht auf den «Dia dos Namorados», den Tag der Verliebten, am zwölften Juni zu, welcher Herz und Sinne nicht nur der Frischverknallten unter zwanzig, sondern auch der vierzig Jahre und länger Verheirateten in Schwingungen versetzt. Niemand würde ihn vergessen, auch ohne die meist mit kleinen Frivolitäten gespickten Werbebotschaften im Fernsehen und an den riesigen Plakatwänden überall in der Stadt.

Eine weltbekannte Jeansfirma empfahl, den Tag ohne ihr Produkt zu feiern – auf dem Farbfoto sah man zwei zerknüllte Jeans und Unterwäsche neben einem Bett. Eine Ladenkette für Herren-Luxusmode offerierte ihre besten Stücke mit dem Slogan: «12. Juni – mach heute mal das Gegenteil, zieh Deinen Geliebten an.» Und das TV-Sternchen Karen Acioli appellierte in einem Shopping Center mit einem komischen Liedchen an João Alfredo, endlich auf, und sich hinzugeben. Jedes Jahr gibt es auch ganz persönliche Plakatwand-Botschaften wie diese: Nilo, Eu te amo. Ana Patricia – daneben quadratmetergroße rote Herzen.

Die Cariocas nehmen all dies stets sehr belustigt zur Kenntnis, schließlich entspricht es ihrer Mentalität, sich auf der Straße, im Café und in anderen Alltagssituationen Leidenschaftlich-Sentimentales bis Frivoles zuzuwerfen – jedoch immer feingestrickt und niemals grob. Das brasilianische Portugiesisch scheint dafür wie geschaffen zu sein. Selbst den französischen Schauspieler Gérard Depardieu begeisterte, wie die Menschen in Rio sprechen, welcher Worte sie sich bedienen: «Die Sprache ist extrem sinnlich und macht mich empfänglich für die Liebe.»

Blick auf das «Centro», die Altstadt von Rio. Im Hintergrund moderne Hochhäuser, davor die kleinen Häuser und Hütten der Armensiedlungen.

Architektonische Gegensätze prägen das Bild der Altstadt: Inmitten schwindelerregender Wolkenkratzer stößt man unvermutet auf eine im Kolonialstil errichtete Kirche.

Am zwölften Juni selbst ist die Stadt wie aufgedreht. Alle arbeiten nur mit halber Kraft und freuen sich auf ein Vergnügen außer der Reihe, haben zuvor am Büroschreibtisch die tausenden von oft recht eindeutigen Liebesanzeigen in den Zeitungen studiert; jede einzelne illustriert mit Honigmond, Herzchen oder jenen bekannten zwei Fußpaaren, die irgend etwas symbolisieren sollen. Noch um Mitternacht gibt es Verkehrsstaus in vielen Stadtteilen. Die jungen und die ergrauten Namorados haben sich reich beschenkt und streben nun den Sambatanzdielen und einer weiteren Rio-Spezialität, den Liebeshotels, zu.

Die teuersten und am raffiniertesten ausgestatteten liegen außerhalb des Centro. Man rauscht mit dem Wagen unerkannt hinein und hat dann in diesen modernen Lustschlößchen für Stunden oder gar eine ganze Nacht eine Suite zur Verfügung. Diese Art von Hotels, gewöhnlich «notels» genannt, etwa in Zeitungsanzeigen, sind in Rio absolut nichts Halbseidenes, Anrüchiges. Bei mir um die Ecke steht das bekannte, bei Managern beliebte zwölfstöckige «Ebony», es gehört einem Politiker und grenzt unmittelbar an eine große öffentliche Schule. Die Kinder davor und drinnen wissen natürlich, mit welchen Absichten wohlgelaunte Paare vom späten Vormittag an hineinstreben und können an der Zahl der geparkten Autos ablesen, wie gut das tiefschwarze «Ebony» gerade belegt ist. Maximal drei Schäferstündchen sind hier gestattet, und wer zwischen zwölf und fünfzehn Uhr kommt, wird mit einem Gratis-Mittagessen bedacht. Andere Völker, andere Sitten – gegen Ende der Arbeitswoche rücken bisweilen Bürobelegschaften nahezu komplett an; nach Privatfesten brausen alle Teilnehmer gemeinsam zum nächsten Hotel.

Spekulanten und andere Ganoven

Auch in «Rest-Brasilien» ist es ein schöner Brauch, der körperlichen Liebe nicht immer nur in den eigenen vier Wänden zu huldigen, sondern hin und wieder Abwechslung in möglichst luxuriösem Ambiente zu suchen. Doch in Rio bleibt vielen gar keine andere Wahl. Eltern mögen dagegen sein, der oder die andere ist nicht mit dem Ehepartner identisch, vor allem aber: zu Hause wohnen zu viele auf engem Raum. Und das ist in Rio die Regel, seit langem hätte die Stadt eigentlich wegen Überfüllung geschlossen werden müssen.

Anfangs hauste ich hier auf rund zehn Quadratmetern in einer sogenannten «Quitenete», (ausgespro-

Straßenzug im Zentrum, in der Nähe des Largo da Carioca. Die zweistöckigen Gebäude aus dem 18. und 19. Jahrhundert verschwinden fast zwischen den modernen Hochhäusern.

chen: «Kitschenetschi)», abgeleitet vom englischen Kitchen. Denn eigentlich ist es nur eine Wohnküche, oder drastischer ausgedrückt, ein Wohnklo: Eine Preßpapptür trennt vom unendlich langen, stickigdunklen, muffigen Korridor – und was die Nachbarn oben, unten, rechts und links gerade tun und lassen, man ist immer hautnah dabei. Es gibt mehrere hunderttausend «Quitinetes» in Rio, gewöhnlich in monströsen Blocks, von denen einige Berühmtheit erlangt haben und wegen tragikomischer Vorfälle stets Stadtgespräch sind.

Im «Barata Ribeiro 200» zum Beispiel, mitten in Copacabana, wohnen in 507 «Quitinetes» mehr als 4000 Menschen, darunter Zuhälter und Prostituierte, Gescheiterte jeder Couleur, Großfamilien und Kleinkriminelle. Brasiliens berühmtester noch lebender Sambakomponist, Dorival Caymmi, vergleicht Copacabana heute mit einem Slum, einer Favela. Derartige (un-)menschliche Ameisenhaufen haben das Viertel mittlerweile zum dicht besiedeltsten der Welt gemacht.

Vor einem anderen Block dieser Art formieren sich im Karneval die Sambaschulen zur Prachtparade im nahen, gewaltigen Sambodrom. Das Betonmonster an der Avenida Presidente Vargas trägt den Spitznamen «Balança mas não cai» – schaukelt, aber fällt nicht um – und beherbergt etwa 3000 Personen in 448 «Quitinetes», für die der Volksmund ein treffendes Synonym erfand: «Ja vi tudo» – sinngemäß übersetzt: Mit einem Blick sehe ich alles. Man öffnet die Wohnungstür und erfaßt in der Tat sofort, was sich dahinter tut und befindet: etwa die tagsüber an die Wände gelehnten Schlafmatratzen der vier, sechs und sogar acht Bewohner jeden Alters.

Zu Beginn der sechziger Jahre wurde der Bau von solchen Wohnblocks verboten, in den Achtzigern dann von einem sozialistischen Bürgermeister wieder erlaubt. Die «Favela vertical» gehört zu den krassesten Auswüchsen der Bau- und Grundstücksspekulation Rios.

Ein trauriges Kapitel Stadtgeschichte: Wer Paris vor 50 Jahren das letztemal besuchte und heute zurückkehrt, wird feststellen, daß die Prachtstraßen, die Paläste und die kulturhistorisch wertvollen Viertel noch existieren, obwohl sich die Stadt grundlegend modernisiert hat. Rio de Janeiro war einmal ein «Klein-Paris», als zur Jahrhundertwende der weitläufige und kunstsinnige Präfekt Francisco Pereira Passos die bis dahin so schmuddelige und immer wieder von Seuchen heimgesuchte Hafenstadt nach dem Vorbild der Seine-

Metropole umgestalten ließ und von dort scharenweise Architekten, Gartengestalter, Ingenieure und Künstler engagierte. «Rio zivilisiert sich», sagte man damals. Die Avenida Rio Branco mit ihren eleganten Cafés und Hotels und dem der Pariser Oper nachempfundenen Teatro Municipal wurde zur lateinamerikanischen Version von Prachtboulevards der Seinestadt. In der Rua Uruguaiana führten französische Ensembles im – inzwischen natürlich abgerissenen – Teatro Alcazar Pariser Komödien und Operetten auf. Das Viertel Lapa wurde zum «Montmartre carioca», in dessen Casinos sogar Josephine Baker auftrat. An der berühmten Rua Taylor eröffneten Franzosen Dutzende plüschiger Nobelbordelle. Rio de Janeiro wurde tatsächlich zur «Cidade Maravilhosa», zur wunderbaren Stadt, wie es in dem unsterblichen Karnevalssamba aus dem Jahre 1935 heißt.

Ein dunkles Kapitel

Aber in den dreißiger Jahren zogen bereits erste dunkle Wolken über Rio und ganz Brasilien auf. Der unaufhaltsame Aufstieg einer nationalsozialistisch und antisemitisch inspirierten Führerfigur, des späteren Diktators Getúlio Vargas, nahm seinen Anfang. Nach dessen Machtergreifung wurde eine monumentale Achse durch Rio gehauen, fielen unzählige wertvolle Gebäude sowie vier jahrhundertalte Kirchen der Spitzhacke zum Opfer. Dafür entstand eine breite Avenida faschistisch-plumpen Entwurfs, die bestens für Militärparaden geeignet war, wie Rios oberster Denkmalschützer von heute, Augusto Ivan de Freitas Pinheiro, urteilt. Die Avenida, natürlich nach dem Diktator benannt, war der erste Schlag einer sich zügig formierenden Mafia dumpfer und kleingeistiger Geldleute und Politiker, die bereit und willens war, die «Cidade Maravilhosa» Partikularinteressen zu opfern.

Eine architekturinteressierte Carioca sagte mir nach einem Deutschlandbesuch voller Sarkasmus, dort sehe es im Unterschied zu Rio de Janeiro überhaupt nicht aus wie nach einem verheerenden Krieg. Und in der Tat, wer in alten Fotosammlungen blättert, Stadtansichten von damals und heute vergleicht, wird die deprimierende Entdeckung machen, daß die «Cidade francesa» des unternehmerischen Schöngeistes Francisco Pereira Passos heute nur noch in kümmerlichen Resten existiert.

Der «Generalangriff» begann 1964, als Brasiliens Eliten wieder einmal das Militär in Marsch setzten, um eine Demokratisierung des Landes sowie die von der damaligen Regierung Goulart geplanten Sozialreformen zu verhindern. Die Feinde Rios hatten jetzt freie Hand. Spekulanten, Abriß- und Baufirmen realisierten gemeinsam mit ihren Handlangern in der Administration auf Kosten des Steuerzahlers, was unter demokratischen Verhältnissen nicht möglich gewesen wäre. Dutzende von grandiosen Bauwerken, ja ganze Viertel, die bis dahin das Stadtbild wesentlich geprägt hatten, versanken in Schutt und Asche: der Palácio Monroe in Cinelândia, halb Lapa, Glória, Botafogo. Neben dem Kloster am Largo da Carioca wurde ein ganzer Berg abgetragen, dort befindet sich jetzt das Triangulo das Bermudas – drei gewaltige Büroklötze von Staatsbetrieben und eine külturmähnliche Kathedrale. Sie steht ganz vorne in der von Architekten aufgestellten Hitliste jener Neubauten, die möglichst bald mit viel Dynamit gesprengt werden sollten.

Wo heute in Cinelândia die Stadtautobahn zur Zona Sul beginnt, saß man früher in lauschigen Gartencafés direkt an der Kaimauer, schaute auf die durch umweltschädliche Aufschüttungen noch nicht verkleinerte, saubere Guanabarabucht und ihre Delphinschwärmen, hörte Freiluftkonzerten zu. Das Flanieren den Parkboulevard entlang nach Botafogo, vorbei am Morro da Viúva, dem Witwenberg, war eine Lust. Den Morro kennen heute die wenigsten, weil er mit Blocks zugestellt wurde.

Leben in den Slums

Zu Beginn der achtziger Jahre lockerte die Diktatur-Regierung ein wenig die Zügel, Gouverneure und Präfekten Rios wurden nicht mehr ernannt, sondern gewählt. Nun schlug die große Stunde der Populisten und Demagogen, die sich links gebärdeten, jedoch weitgehend ihre Vorgänger kopierten. Die Stadtzerstörung wurde nahezu ungehindert fortgesetzt, es blieb bei extremer Mittelverschwendung, Vetternwirtschaft und Korruption. Das Recht des Stärkeren, Brutaleren, Dreisteren galt auf bisher unbekannte Weise: Rio wurde dem organisierten Verbrechen ausgeliefert.

«Derartiges hat es vor 1964 nicht gegeben», wurde ein geflügeltes Wort der Cariocas. Gemeint waren damit Straßenraub, Überfälle auf Busse und Nichtbeachtung nahezu sämtlicher Park- und Verkehrsregeln. Das zivilisierte, menschenfreundliche Rio des Francisco Pereira Passos wurde zunehmend chaotischer und gewann immer mehr rechtsfreie Räume.

Auf den zahlreichen Felsenhügeln, an den früher bewaldeten Steilhängen des Stadtgebiets, siedelten traditionell die Armen Rios. Zur Zeit der Diktaturregierung förderte die Obrigkeit den massenhaften Zuzug von billigen Arbeitskräften aus jenen rückständigen Regionen Brasiliens, in denen noch mittelalterlich-archaische Wertvorstellungen sowie halbfeudale Sozialstrukturen existieren.

Jeden Tag gibt es irgendwo in der Stadt einen Markt, auf dem man von Lebensmitteln über Kleidung bis zum Werkzeug alles findet.

An der Copacabana. Exotische Früchte, reif und aromatisch, werden an zahlreichen Ständen feilgeboten.

Scholl
Um
150

An eine Integration der modernen Arbeitssklaven war nicht gedacht, die bewußt-fahrlässig agierenden Stadtverwalter ließen sie illegal an den Steilhängen ihre Hütten bauen – trotz lauter Warnungen von Urbanisten, Stadtsoziologen und Geologen, daß sich dort nicht sanierbares, erdrutschgefährdetes Terrain befindet. Die Voraussagen bewahrheiteten sich. Vor allem zu Jahresbeginn kommt es in Rio de Janeiro zu heftigen Tropengewittern, der Himmel scheint seine Schleusen von einem Moment zum anderen zu öffnen. Unten, auf den Straßen, schwimmen die Autos oder gehen in Minutenschnelle unter, doch oben, in den Favelas, geht es um Leben und Tod. Weil die frühere Vegetation fehlt, setzen sich Erdmassen und Felsbrocken in Bewegung, zermalmen Hütten und Häuschen und deren Bewohner.

In den rund 500 Slums von Rio lebt ein Drittel der Stadtbevölkerung und stapelt Müll jeder Art gewöhnlich direkt neben den Behausungen. Der Unrat stürzt ebenfalls lawinenartig bergab – die Viertel darunter ersticken in Schlamm und Müll, die durch Rattenurin übertragene Leptospirose-Krankheit breitet sich aus.

Die ärmsten Cariocas wurden von den Administratoren jedoch nicht nur sich selbst, sondern auch noch den gutorganisierten Gangsterbanden überlassen, welche sich vor allem mit Rauschgifthandel, Bankraub und Entführungen befassen. Die Drogenbosse kontrollieren heute sämtliche Favelas, bestimmen die Chefs der dortigen Bewohnerassoziationen und sind bei weitem besser und moderner bewaffnet als die Polizei, welche sich nur in Ausnahmefällen «oben» sehen läßt. Regelmäßig kämpfen Gangsterbanden um die Vorherrschaft auf irgendeinem Morro.

Kaffeebarone und Kaiser

Rio de Janeiro ist Himmel *und* Hölle, gegen die lokalen Sensationsblätter sind jene in Mitteleuropa romantische Poesiealben; die Redakteure am Zuckerhut plazieren täglich auf der Frontseite Großfotos von Gewaltopfern, etwa die Hälfte der Cariocas wurde mindestens einmal überfallen (ich selbst hatte das traumatische Mißvergnügen bisher fünfmal).

Vor allem in Wahlkampfzeiten fehlt es natürlich nicht an großartigen Versprechen der Politiker, all diese Probleme rasch zu lösen, es kommt sogar zu gewissen kosmetischen Operationen. Neue, radikal scheinende Dekrete werden erlassen. Die galgenhumorigen Cariocas sagen dann stets: «para Inglês ver» – sinngemäß übersetzt, damit's der Engländer sieht, für ihn gemacht; im Sinne Potemkinscher Dörfer etwas vorgaukeln. Zur Erklärung: Im 19. Jahrhundert war Brasilien das letzte Land auf der Erde, welches noch Sklaven aus Afrika einführte. Die Engländer übten deshalb zunehmenden Druck aus und hatten 1831 schließlich Erfolg. Der Sklavenhandel wurde strikt verboten – nur ging er eben ungehindert weiter, die Kaffeebarone dachten nicht im Traum daran, in jener Boomphase Portugiesen übers Meer auf die Plantagen zu holen, die man ja hätte bezahlen müssen; Angolaner, Beniner, Senegalesen schufteten gratis. Und so war das entsprechende Verbot in Gesetzesform eben nur «para Inglês ver», heute eine der häufigsten Redewendungen in Rio.

Wer nach einem ausgiebigem Spaziergang durchs turbulente Basarviertel «Saarã» Ruhe in der angrenzenden Oase des Parks Campo de Santana sucht, steht auf geschichtsträchtigem Boden: Hier wurde einst gegen Kaiser Pedro II. konspiriert und 1889 die Republik ausgerufen. Der Sturz der Monarchie ging keineswegs auf das Konto Progressiver. Verantwortlich waren stockreaktionäre Agraroligarchien. Im Jahre zuvor, als Dom Pedro in Europa weilte, hatten dessen stellvertretend regierende Tochter Princesa Isabel per Dekret die nur noch in Brasilien existierende Sklaverei offiziell abgeschafft. Da der Kaiser nach seiner Rückkehr nicht willens war, dies rückgängig zu machen, kam es zu Verschwörung und Putsch.

Schwarze und Weiße

Nach der Rast auf dem von kleinen Goldhasen, Cotias, und Gänsen bevölkerten Campo de Santana könnte der Besucher auf der anderen Seite der Avenida Presidente Vargas weiter auf den Spuren der Geschichte wandeln. Hinter dem früheren Heeresministerium befindet sich in der Avenida Marechal Floriano der Palácio do Itamarati, jahrzehntelang Außenministerium und heute Lateinamerikas größtes Geschichtsarchiv mit der umfassendsten Karthothek des Kontinents. Ein Stück weiter unten, in dem nach Kaiser Pedro II. benannten Colégio, wurden Brasiliens bedeutendste intellektuelle und literarische Köpfe der vergangenen 150 Jahre geformt, darunter auch der Namensgeber selbst.

Bevor man sich am Largo de Santa Rita freitagnachmittags mit hunderten gutgelaunten Cariocas an «Chope», frischgerösteten Sardinen und Spontan-Samba ergötzt, wäre ein Abstecher in die just am Colégio abzweigende, heruntergekommene Rua Camerino möglich. Kein Denkmal und keine Informationstafel erinnern heute daran, daß in dieser Straße jahrhundertelang der Sklavenhandel Rios, eigentlich ganz Brasiliens, konzentriert war. Die Menschenan- und -verkäufer hießen «Negreiro», «Negreira», «Negreiros». Ein ehrbarer Berufsstand, der als Familienname im aktuellen

Karneval in Rio: Für ein paar Tage im Jahr taucht die ganze Stadt in Ekstase. Vor ihrem großen Auftritt formieren sich die Sambaschulen entlang der Avenida Presidente Vargas. Ein farbenprächtiges und sinnliches Spektakel, an dem mehr als 50000 Menschen teilhaben.

Phantasie ist Trumph bei der Wahl der Maske für den Karneval ...

Telefonbuch von Rio de Janeiro über fünfzigmal verzeichnet ist. Die Hafenmetropole am Zuckerhut war nach Historikeransicht eine der bedeutendsten, typischsten Sklavenhalterstädte, wenn nicht gar die größte überhaupt: von zehn Bewohnern waren sechs «Escravos».

Wenn die Segelkoggen ankamen, wurden die Afrikaner heruntergepeitscht. Die Negreiros und ihre Aufseher trennten zunächst die zur Arbeit tauglichen von jenen, die als Folge der Überfahrt in überfüllten, lichtlosen Frachträumen, wegen Nahrungsmangel und Mißhandlungen schwerkrank oder halbtot waren. Etwa die Hälfte der Verschleppten überlebte den Transport nicht, Tote und Sterbende warf man nach dem Anlegen in Rio gleich neben der Rua Camerino auf den Friedhof von Gamboa in Massengräber.

Man denke nicht, daß die Kirche den Menschenhandel verdammte – er hatte vielmehr deren Segen. Mancher Mönch und manche Nonne hielt sich sechs, sieben, acht Sklaven. In der ersten Hauptstadt Brasiliens, Salvador da Bahia, verfügten 74 Freiras eines Klosters gar über 400 «Escravas», im Krieg mit Paraguay der Jahre 1864 bis 1870 kämpften allein tausend – entbehrliche – Sklaven aus dem «Bestand» der Benediktiner São Paulos mit.

Nach englischen und französischen Reisenden passierte 1830 auch der deutsche Naturforscher F. J. F. Meyen entsetzt die Rua und schrieb in sein Tagebuch: «Das Schicksal wird sich an den Weißen für die Unthaten rächen, die sie seit Jahrhunderten an Millionen von Negern begangen haben. Die Magazine der Sclavenhändler waren mit das Erste, das wir hier besuchten, um endlich selbst diesen aller Würde der Menschheit entehrenden Handel mit anzusehen. Wir fanden mehrere Hundert dieser unglücklichen Geschöpfe in solchen Läden. Sie saßen reihenweise auf kleinen Bänken oder niedergekauert auf der Erde und ihr Zustand war schaudererregend. Es waren meistens Kinder, die hier angeboten wurden, fast alle waren gezeichnet mit glühenden Eisen. Zu unserem Erstaunen fanden wir auch in Rio Landsleute, die durch ihre Bildung und Humanität allgemein bekannt sind, und die uns doch mit kalten Worten erklärten, wir mögen ja nicht glauben, daß die Neger zu unserem Menschengeschlecht gehörten und gleiche Ansprüche zu machen berechtigt wären.»

Damals gab man weißen Jungen als Sexualobjekt ein Sklavenmädchen, das sich nicht wehren durfte. Dem deutschen Maler Johann Moritz Rugendas aus Augsburg verdanken wir die Illustration all dessen.

Andererseits stellt sich beim Stöbern in Brasiliens Kulturgeschichte heraus, daß damals ein erstaunlicher Prozentsatz der Komponisten klassischer und geistli-

... und auch die Hautfarbe spielt für ein paar Tage keine Rolle mehr – die Fröhlichkeit und Ausgelassenheit steckt alle an.

cher Musik, der Kirchenorganisten, Chorsänger, Kunstmaler und Professoren Sklaven waren. Wie das? Körperliche und selbst geistige Arbeit oder Anstrengung galten als minderwertig, dafür hatte man ja die Sklaven. Statt der eigenen Söhne und Töchter schickte so mancher reiche Kaffeebaron deshalb Sklaven in die Schule, wodurch sich auch ihr Wiederverkaufswert erhöhte.

Vergangen, vergessen, die Zeiten änderten sich, nichts erinnert mehr daran – weit gefehlt: Achten Sie in Rio einmal darauf, welche Tätigkeiten die Nachfahren der schwarzen Negersklaven verrichten. Von Ausnahmen abgesehen, sind es immer die schlechtbezahltesten, die Dreckarbeiten. Und darauf gehe ich jede Wette ein. Sollten Sie in das Haus einer brasilianischen Mittelschichtsfamilie oder von Landsleuten eingeladen werden, wartet dort zumeist auch ein typisches Relikt aus der Sklavenzeit auf Sie – die «Empregada doméstica», Hausdienerin, Putzfrau, Köchin.

Gutbetuchte halten sich zehn oder mehr «Empregadas», doch auch für den alleinlebenden ökologisch-progressiv eingestellten Schullehrer, die feministisch gesinnte Künstlerin gilt Hausarbeit als dreckig, unfein, unwürdig. Wie damals überläßt man diese deshalb der lächerlich niedrigbezahlten, meist dunkelhäutigen «Empregada». Zu Hause am besten rund um die Uhr bedient zu werden, so erklären Intellektuelle unumwunden, gehöre zu den Werten der brasilianischen Kultur.

Die Architekten Rio de Janeiros planen nach wie vor Wohnblocks mit winzigen Hausdienerinnenzimmern ohne Fenster oder Luken nach außen. Die Tür führt gewöhnlich direkt in die Küche, auf die Spüle zu; für mehr als Bett und Stuhl reicht der Platz meist nicht. Keineswegs selten werden diese Verschläge auch noch wie damals «Senzala», Negerhütte, genannt, in scherzhaftem Tone, versteht sich. Schweizer, Deutsche und Österreicher, die im Auftrag von Unternehmen oder Institutionen zeitweise in Rio de Janeiro tätig sind, haben sehr oft größte Schwierigkeiten, sich den Andersartigkeiten und Gepflogenheiten des Gastlandes anzupassen. Doch siehe da, die Anstellung einer «Empregada», die die Schuhe putzt, aufwäscht, einkauft und die Drinks auf die Terrasse bringt – für etwa hundert Mark monatlich – gehört gewöhnlich nicht dazu.

Brasilianisches Flair

Die soziokulturellen Unterschiede zwischen Schwarz und Weiß sind in Rio nach wie vor frappierend. Auf den Festen der Hellhäutigen in den geräumigen Appartements der Südzone geht es gewöhnlich etwas

Zehntausende strömen jedes Jahr nach Rio, um die Parade der Sambaschulen mitzuerleben.

steif, formal, sogar cool zu. In Ipanema und Leblon ist man bemüht, europäisch-nordamerikanischen Lebensstil zu kopieren und hört verbissen Rockmusik. Werden tatsächlich Dunkelhäutige eingeladen, entsteht brasilianisches Flair; bilden diese gar die Mehrheit, ist die Fete gerettet. Es wird Samba, Bossa Nova, Forró und Lambada getanzt, man lacht, schwatzt, albert köstlich herum, singt gemeinsam brasilianische Lieder, der Funke springt über. «Brasilidade» liegt in der Luft.

Angélica, der blonde, weiße Star der großen privaten TV-Gesellschaft Manchete, holte in ihr Unterhaltungsprogramm einmal den tiefschwarzen charmanten Sänger Emílio Santiago, Carioca wie sie: mit hinreißend sinnlicher Stimme sang er bei diesem Auftritt zwei romantische Sambas. Disneyworld-Angélica und ihr Team tanzten dazu unbeholfen mit Discoschritten – ich fand, die Szene zeigte den kulturellen Kontrast präzise.

Jene «Música Popular Brasileira», die man rund um den Erdball kennt und mag, würde es ohne die Schwarzen nicht geben. Diese hatten schließlich die Inititative ergriffen, lusitanische mit afrikanischer Musik vermischt und damit erstmals etwas eigenständig Brasilianisches geschaffen.

Am berühmtesten ist zweifellos der Samba, aus dem Multitalente wie João Gilberto und Tom Jobim die Bossa Nova entwickelten, die so etwas wie Rios musikalisches Wahrzeichen wurde. Jede andere Stadt der Welt hätte daraus Kapital geschlagen, beispielsweise Führungen zu den «klassischen» Adressen von Samba und Bossa Nova ermöglicht. In Rio hat man die Spuren verwischt, es gibt kein Denkmal, keinen Hinweis, kein Museum. Auch deshalb sagt Tom Jobim heute über Rio, hier werde ein Huhn geschlachtet, das goldene Eier legt.

Manche Glanzlichter der einstigen Perle Brasiliens sind heute ein wenig verblaßt. Doch wer einmal in die prickelnde Atmosphäre Rio de Janeiros eingetaucht ist, die beileibe nicht nur beim spektakulären Karneval spürbar ist, wird mir zustimmen, wenn ich behaupte: Vor allem wegen der Cariocas und der landschaftlichen Reize ist die Stadt am Zuckerhut weiterhin eine Attraktion erster Güte.

Apropos Zuckerhut – von einem der zahlreichen anderen Felsen, nämlich dem 520 Meter hohen Pedra Bonita starten nahezu täglich Drachenflieger zum darunter gelegenen Badestrand von São Conrado. Die erfahrensten nehmen für etwa umgerechnet 60 Dollar gern Touristen mit. Wenn Sie es etwas romantischer möchten, steht in heißen Sommernächten der «Vôo Coruja», der Eulenflug, zur Auswahl.

BRASILIENS METROPOLE

Rio de Janeiro in Erzählungen und Berichten

Niemanden läßt diese Stadt gleichgültig. Wer sie schön findet, wer sie für häßlich hält – jeder spricht in Superlativen. Schon die Einfahrt in die Bucht von Rio (die Portugiesen nannten sie Guanabarabucht) begeisterte zu allen Zeiten die Reisenden. Und dann, mit welchen Augen sie auch die Stadt sehen mochten, alle waren fasziniert von der Phantasie, der Vitalität und der Spontaneität ihrer Bewohner.

Rio im Naturzustand

Die Meeresbucht und der Fluß Ganabara [Bucht von Rio de Janeiro], wie er von den Einheimischen bezeichnet wurde, – die Portugiesen nannten ihn Geneuvre (man sagt, daß sie in so nennen, weil sie ihn am ersten Januar entdeckten) – liegen auf dreiunddreißig Grad jenseits des Äquators, unmittelbar unter dem Wendekreis des Steinbocks . [...]

Kommt man von der offenen See, so fährt man vorbei an drei kleinen unbewohnten Inseln, an denen die Schiffe, werden sie nicht gut geführt, leicht zerschellen. Das Mündungsgebiet ist dadurch sehr gefahrvoll. Dann muß man eine Enge passieren, die nur etwa eine Viertelmeile breit ist und die, wenn man einfährt, links von einem Berg und einem pyramidenförmigen Felsen begrenzt wird. Der Berg hat eine ungewöhnliche Höhe. Wer ihn aus der Ferne sieht, kann ihn für künstlich halten. Da er rund ist, hat er von uns Franzosen den etwas übertriebenen Namen «Buttertopf» erhalten. Etwas weiter flußaufwärts befindet sich ein ziemlich flacher Felsen, der einen Umkreis von hundert bis hundertundzwanzig Schritte haben dürfte. Wir nennen ihn «Rattenfänger». Dort woll-

Moderne Stadtarchitektur: die 80 Meter hohe Nova Catedral in Lapa, ein 1976 fertiggestellter Betonbau, der Platz für 20 000 Gläubige bietet.

Geradezu unwirklich schön: die Copacabana mit dem Zuckerhut bei Sonnenaufgang.

te Villegagnon ursprünglich eine Festung errichten. Schon hatte er seine Möbel und die Artillerie ausgeladen, Ebbe und Flut aber vertrieben ihn wieder. [...]

Ich will nun noch einiges über den Ganabara-Fluß und über das sagen, was in etwa vier oder fünf Meilen Entfernung vom Fort gelegen ist. Dort liegt eine andere schöne, fruchtbare Insel, die einen Umfang von etwa sechs Meilen hat. Wir nannten sie die «große Insel». Dort gibt es mehrere von Wilden – und zwar von den Tuupinambaúlts, den Verbündeten der Franzosen – bewohnte Dörfer. Wir suchten sie meist in unseren Booten auf, um Mehl und andere nützliche Dinge zu holen.

Übrigens gibt es in dieser Meeresbucht viele andere unbewohnte kleine Inseln. Auf ihnen findet man, neben anderen Dingen, große und recht gute Austern. Die an der Küste tauchenden Eingeborenen bringen große Steine herauf, die ringsum mit kleinen Austern besetzt sind. Diese werden von den Wilden «Leripés» genannt. Sie sitzen sehr fest am Stein, als seien sie dort angeklebt; man muß sie mit Gewalt losreißen. Oft kochten wir große Töpfe mit diesen «Leripés». In vielen fanden wir beim Öffnen und Essen kleine Perlen.

JEAN DE LÉRY (1534–1611) flüchtete als junger hugenottischer Prediger aus Frankreich nach Genf und wurde dann nach Brasilien entsandt, um dort Möglichkeiten für eine protestantische Kolonie zu erkunden. Sein Bericht «Brasilianisches Tagebuch» aus den Jahren 1556 bis 1558 zählt zu den ersten verläßlichen Nachrichten aus dem neu entdeckten Land.

... der Sinn wird nicht satt an dieser einzigen Stadt

Einfahrt. Frühmorgens warten schon alle Passagiere ungeduldig an Bord, mit Ferngläsern und Kameras bewaffnet, keiner will, sooft er sie auch schon bewundernd gesehen, die berühmte Einfahrt in Rio de Janeiro versäumen. Aber noch glänzt das Meer blau und metallen wie seit Tagen und Tagen, beruhigende und zugleich ermüdende Monotonie. Und doch, man fühlt es, daß man sich dem Lande nähert, man atmet die nahe Erde, noch ehe man sie sieht, denn feucht und süß wird mit einmal die Luft, weicher fühlt man sie an Mund und Händen, ein dunkler Duft schwebt unmerklich her, gebraut in den Tiefen der riesigen Wälder aus Pflanzenatem und Feuchte der Kelche, jener unbeschreibbare, warme, schwüle und gärende Brodem der Tropen, der auf süße Art einen trunken und müde zugleich macht.

Jetzt endlich in der Ferne ein Umriß: eine Bergkette zeichnet sich unsicher-wolkenhaft in den leeren Himmel hinein, und in dem Maße, als das Schiff näher stampft, festigen sich ihre Konturen: es ist die Bergkette, die mit ausgespannten Armen die Bucht von Guanabara beschirmt, eine der größten der Erde. Alle Schiffe aller Nationen fänden darin gleichzeitig Raum, so weit und schwunghaft wölbt sie sich mit ihren vielen einzelnen Baien und Vorgebirgen aus, und innerhalb dieser aufgebrochenen Riesenmuschel liegen wie Perlen, verstreut eine Unzahl Inseln, jede anders in Form und Farbe. Manche tauchen nur grau und gleichtönig aus der amethystenen See; für Walfische könnte man sie aus der Ferne halten, so nackt und kahl ist ihr Rücken. Manche wieder sind länglich und steinig gerippt wie Krokodile, manche mit Häusern bestanden, manche als Festungen bewehrt, manche scheinen schwimmende Gärten mit Palmen und Gartengeländen, und während man neugierig ihre unvermutete Vielfalt der Formen mit dem Fernglase bewundert, treten nun gleichzeitig die Berge des Hintergrundes plastisch hervor, auch sie jeder anders und eigenwillig. Nackt steht der eine und der andere ins grüne Palmenkleid gehüllt, felsig dieser und der andere einen schimmernden Gürtel von Häusern und Gärten umgelegt; es ist, als hätte die Natur als verwegene Plastikerin alle irdischen Formen nebeneinander zu stellen versucht, und irdische Namen hat darum auch die Volksphantasie jeder einzelnen dieser bergigen Steingestalten gegeben: die Witwe, der Bucklige, der Hund, die Finger Gottes und dem allersichtbarsten, dem Pao d'Azucar, den Namen Zuckerhut, der, knapp vor der Stadt aufsteigend, mit seiner steilen Plötzlichkeit vor dem Eingang steht wie die Freiheitsstatue in New York, als das uralte und unverrückbare Symbol dieser Stadt. Aber noch über allen diesen einzelnen Monolithen und Bergen erhebt sich der Häuptling dieses Riesengeschlechtes, der Corcovado, und hält ein gewaltiges Kreuz (das nachts elektrisch erglüht) über Rio de Janeiro segnend erhoben wie ein Priester die Monstranz über einer hingeknieten Schar.

Jetzt endlich gewahrt man, nachdem man das Gewirr der Inseln durchfahren, die Stadt. Aber nicht auf einmal gewahrt man sie. Nicht wie etwa in Neapel, in Algier, in Marseille tut sich dies Häuserpanorama wie eine offene Arena mit steigenden Steinstufen einem einzigen Blick auf; Bild um Bild, Teil um Teil, Prospekt nach Prospekt blättert sich Rio de Janeiro auf wie ein Fächer, und gerade dies macht die Einfahrt so dramatisch, so unablässig überraschend. Denn jede der einzelnen besiedelten Buchten, deren Summe erst ihren Strand ergeben, ist durch Bergketten getrennt – es sind gleichsam die Rippen des Fächers, die hier jedes Bild vereinzeln und doch zusammenhalten. Endlich zeigt sich der geschwungene Strand, bezaubernder Anblick: eine weite Strandpromenade, von den Wogen ständig beschäumt, mit Häusern und Villen

Über dem Stadtteil Leme. Wie überall in Rio ziehen sich auch hier die Hochhäuser bis zur Strandpromenade hinunter.

An der Copacabana. FKK ist hier verpönt ...

und Gärten, deutlich unterscheidet man schon das Luxushotel und ansteigend die Hügel empor die waldumrandeten Villen – aber Irrtum! Es ist nur der Strand von Capocabana gewesen, einer der schönsten der Welt, nur eine neue Vorstadt, nicht die eigentliche Stadt. Noch muß man den Pao d'Azucar, den Zuckerhut, umsteuern, der den Blick sperrt, dann erst sieht man die Stadt in der Bucht, dicht und weiß vorblickend zum Strand und wirr sich auflösend in die begrünten Höhen. Man sieht die neuangelegten Strandgärten und den Flugplatz, der eben dem Meer abgewonnen war: gleich wird man landen und seiner Ungeduld Genüge tun. Aber nein! Es war wiederum ein Irrtum und dies nur die Bucht von Bottafogo und Flamenco, nochmals muß das Schiff weiter steuern, noch ein anderes Blatt dieses göttlichen, in allen Farben leuchtenden Fächers aufgeblättert werden, noch muß man vorbei an der Marineinsel und jenen kleinen mit dem gotischen Palast, wo Kaiser Pedro zwei Tage vor seiner Absetzung ahnungslos den letzten Ball gegeben. Und jetzt erst grüßen die Turmhäuser, einzige vertikale Masse, jetzt erst zeigen sich die Docks, jetzt erst kann das Schiff anlegen und man ist in Südamerika, ist in Brasilien, ist in der schönsten Stadt der Welt!

Diese einstündige Einfahrt in Rio ist ein Erlebnis einziger Art und in ihrem unwiderstehlichen Eindruck nur jener in New York zu vergleichen. Aber New York grüßt härter, energischer: wie ein nordischer Fjord wirkt es mit seinen aufgetürmten eisweißen Kuben. Manhattan ist ein männlicher, heroischer Gruß, der steil aufgestoßene menschliche Wille Amerikas [...]. Rio de Janeiro aber bäumt sich nicht einem entgegen – es breitet sich auf mit weichen, weiblichen Armen, es empfängt, es zieht an sich heran, es gibt sich mit einer gewissen Wollust dem Blicke hin. Alles ist hier Harmonie, die Stadt und das Meer und das Grün und die Berge, all das fließt gewissermaßen klingend ineinander, selbst die Hochhäuser, die Schiffe, die bunten Lichtplakate stören nicht; und diese Harmonie wiederholt sich in immer andern Akkorden: anders ist diese Stadt von den Hügeln gesehen und anders vom Meer, aber überall Harmonie, gelöste Vielfalt in immer wieder völliger Einheit, Natur, die Stadt geworden ist, und eine Stadt, die wie Natur wirkt. Und vieldeutig und unerschöpflich, großartig und großmütig, wie sie einen empfängt, weiß sie einen zu halten; von der Stunde der Einfahrt an weiß man schon, das Auge wird nicht müde werden und der Sinn nicht satt an dieser einzigen Stadt.

... doch die knappen Bikinis sind ohnehin viel aufregender ...

Harmonische Vielfalt. Dieser erste Eindruck einer harmonisch gelösten Vielfalt wiederholt und verstärkt sich ständig von Tag zu Tag; man wird nicht fertig mit dieser Stadt, weil sie immer aus einem anderen Versteck eine neue Bezauberung holt: vielleicht gibt es keine andere, die so erfinderisch ist in unvermuteten Durchblicken und Panoramen, keine auch, die so viele verschiedenartige kulturelle Schichten hat. Spazierengehen und Spazierenfahren heißt hier: sich Unvermutetes entdecken, aber die stärkste, die immer wieder neu verblüffende Überraschung ist die Ausdehnung Rio de Janeiros. Immer glaubt man nach dreißig, nach vierzig Minuten Autofahrt schon am Ende der Stadt zu sein, und wirklich, schon erhebt sich ein Hügel und die Straße verliert sich im Grün, aber da plötzlich fängt sie wieder von neuem an, eine andere Villenstadt oder Vorstadt, und dieses Wachstum scheint unvermindert anzuhalten. In dieser Riesendimension aber welche Vielfalt, wieviel verschiedene Städte in dieser einen Stadt! Da ist eine Luxusstadt vorerst; mit weiser Technik hat man dem Meere ein breites Stück längs aller Buchten abgewonnen – es wirkt wie der weiße Rand eines Buches um den gedruckten Text – und dieses Stück ist in Rasen und Promenaden wie in einem luxuriösen Kurort verwandelt; ein ewiger Sommerstrand ist hier geschaffen und in viel gewaltigeren Proportionen als anderswo auf Erden. In dieser Hauptstadt können Hunderttausende Menschen gleichzeitig baden und den Strand bevölkern und es ist mir leid, dies nicht im Sommer gesehen zu haben, wenn die ganze Stadt halbnackt hier an dieser einzigartigen Beach lebt: man wirft den Bademantel um und geht so durch die Straßen oder kommt im Automobil und kehrt so wieder ins Haus, ins Bureau zurück oder in eines der vornehmen Hotels, die mit den besten Europas rivalisieren können. Neben dieser Badestadt aber steht gleich eine Villenstadt, oder vielmehr eine ganze Reihe solcher Villengruppen, manche dem Meere zugewandt, manche in die Falten der Hügel geschmiegt, um sich vor der sommerlichen Hitze zu ducken. Und wieder ein paar Kilometer weit, und die Geschäftsstadt beginnt, aus Ostende oder Cannes oder Deauville meint man nach New York, in den Engpaß des Broadway geraten zu sein, denn in hastigem Wettbewerb klettern die Hochhäuser hier auf und die Lichtreklamen verkünden die Sterne Hollywoods und die Pictures von Metro-Goldwyn. Und wieder einen Kilometer zur avenida Rio Branco, dem Boulevard Haussmann von Rio, der quer durch die Stadt geschlagenen Verkehrsbrücke, und man glaubt auf der Cannebière Marseilles zu sein oder in Neapel oder Barcelona: die Kaffeehaustische auf der Straße, die Straße selbst ständig verstopft von Automobilen, die gleichen Geschäfte wie in London, Wien und Amsterdam, die große europäische Straße also im Gegensatz zur amerikanischen. Aber glücklicherweise braucht man nur rechts oder links um die Ecke zu biegen und man ist dem Europäischen und Amerikanischen ins Brasilianische entronnen; diese alten Hauptstraßen Rios (heute viel zu eng, um mehr als in einer Richtung durchfahren zu werden), die rua Ouvidor, die rua Buenos Aires und wie sie alle heißen, haben persönliches Cachet. Sie erinnern noch an ihre Herkunft, an die Straßen von Lissabon und Südspanien, durch ihre Enge (man wollte möglichst wenig Sonne hereinlassen) und durch das lebendige Getriebe, das hier tagsüber durch die überfüllten Adern strömt; sie sind nur wie alle Straßen Rios (dies eine der großen Überraschungen Brasiliens) bedeutend sauberer, reinlicher, freundlicher als die europäischen Südstädte und weniger lärmend: die stille, höfliche Art der Brasilianer gibt der ganzen Stadt eine leisere Tönung, als es das südliche Klima und die Überfülltheit vermuten lassen würden. Und wieder weiter: vorbei an den Märkten, die in ihrer Üppigkeit an alte holländische Bilder und in ihrer Blumengrelle an Van Gogh und Cézanne gemahnen, zu stilleren Winkeln, wo man noch ein paar alte Paläste aus portugiesischer oder kaiserlicher Zeit findet. Dann wieder weite Teile mit ganz gleichgültigen Häusern oder kaum Häusern, sondern eigentlich Läden und Geschäften, denen ein Stockwerk billig aufgestülpt ist, architektonisch das Einförmigste, Kunstloseste, was man sich erdenken kann, aber dem Spaziergänger doch interessant, denn alle Läden stehen hier offen, man kann dem Schlosser, dem Metzger, dem Schreiner genau wie in Algier und Kairo bei der Arbeit zublicken, und nur wo man ein Volk an der Arbeit sieht (oder einen Menschen), sieht man in sein wirkliches Leben hinein. Und wieder ein paar Schritte weiter, und man ist im Armenviertel, wo die Häuser kaum mehr Häuser zu nennen sind, aber gleich tritt man heraus, auf weite moderne Plätze, in einen neuen Stadtteil, der mitten in dies Konglomerat eingesprengt ist, und nun weiß man: alle diese Viertel im engeren Kreise der Stadt, die vierzig und fünfzig Jahre alt sind, werden in ein, in zwei Jahrzehnten umgewandelt oder vernichtet sein – ich fürchte, auch die «Mange», das berühmte Yoshiwara von Rio de Janeiro, der nächtliche Liebesmarkt, der in seiner Pittoreskheit tausendfach die berühmten Quartiere von Marseille übertrifft. Hier begegnen sich alle Rassen, Neger und Japaner und Indios und Französinnen und Brasilianerinnen, in beleuchteten Auslagen – erschreckend billig – den Kunden dargeboten: kaum anderswo kann man tausend Schicksale (denn welche Wege hat diese Russin und jene Provenzalin gegangen, ehe sie in der Mange strandete) auf so engem Raum zusammengedrängt sehen wie hier in diesen farbig funkelnden, von Sternen überglühten phantastischen Liebesmärkten, die einen Maler bezaubern müßten. Und wieder weiter und man ist bei den Docks, man sieht das Meer und die feuchte Gärung der aufgehäuften Waren, faul liegen die Dampfer an der Reede und nur die Ferryboats und Motorboote wandern von Insel zu Insel, von Bucht zu Bucht: wieder meint man in einer anderen Stadt zu sein als vor fünf Minuten, in Hamburg oder Genua, glänzte nicht so wundervoll geschwungen die Bucht einem entgegen. Ein Dutzend verschiedener Städte ist in Rio eingefaltet und ein Dutzend von Nationen und Rassen. Und doch – dies ist die einzigartige Kunst dieser Stadt – alles dies ist in zartesten und natürlichsten Übergängen gebunden. Man kann hier in Urzonen sein, im Negerhaft-Primitivsten und zehn Schritte weiter im Modernsten und Luxuriösesten, und es scheint einem hier selbstverständlich, und insbesondere nachts wird Rio zum Tausendundeine Nacht und man selbst zum Kalifen, der, froh, seinem Kulturpalast entronnen zu sein, diese ewig wanderhafte Welt durchwandert.

Abschied. Eine Woche ist man in Rio de Janeiro gewesen und weiß, es ist nicht genug. Vieles müßte man noch sehen, oft und oft die Stadt durchwandern, und vor allem, man müßte sie auch in ihrer charakteristischesten (uns kaum erträglichen) Zeit des Sommers gesehen haben, wo die Luft hier Feuer wird, das einem den Atem sperrt, und die Sonne so tollwütig brennt, daß man Eier kochen kann auf dem Straßenasphalt. Man müßte ihren Karneval, den berühmten, miterlebt haben, man müßte hier unbeschäftigt und unbekannt flanieren, um alle ihre Farben und Verschiedenheiten auszugenießen. Aber die Zeit ist vorbei, zu rasch vergangen, schon dröhnt der Dampfer sein Zeichen. Noch einmal schiebt sich, nun in umgekehrter Ordnung, die Kulisse auf, erst die Stadt, dann die einzelnen Baien und Buchten, dann noch einmal das ganze ungeheure Rund; noch einmal faltet sich die eigenartige Linie dieses Strandes auseinander, aber schon wird sie unsicher und weich, schon nur ein Schimmer, und bald sind all die verlebten Tage und Blicke nur mehr eine einzige beglückte Erinnerung.

STEFAN ZWEIG reiste 1936 nach Rio, wo ihm von Lesern, literarischen Zirkeln, dem Staatspräsidenten Empfänge gegeben wurden. 380 Jahre nach Jean de Léry beschrieb er die berühmte Einfahrt in die Bucht.

Zum Strandleben von Rio gehören Sport und Spiel in allen Variationen. Das wichtigste: Man muß dabei gesehen werden.

Jeder Quadratmeter zwischen Meer und Bergen wurde bebaut: im Vordergrund Ipanema, dahinter die Copacabana und der Zuckerhut.

Welch ein Fest!

Mein Stammbettler, ein gichtgekrümmtes altes Männchen, besieht den gewohnten Nickel und flüstert mit gelindem Vorwurf: «Bedenken Sie doch, mein Herr, daß Karneval ist.»

Indem ich einen zweiten Nickel hinzulege, vermerke ich die Allmacht, die der Karneval über Rio ausübt.

Niemand entgeht ihm, es sei denn, er verließe die Stadt. Verlorenen Blicks tanzt ein sechsjähriges Mädchen etwas, was wie ein Bauchtanz aussieht (und es auch ist), schwenkt eine Negermatrone ihre feisten, von hellblauer Seide umspannten Hinterbacken, klimpert, grünsamten und goldverbrämt, ein Stauer mit Ketten aus Blechdukaten, toben Schüler in Indianermasken, tänzeln Greise in Dominos, wiegen sich junge Mädchen in Pierrot-Hosen und Jünglinge in Strohröckchen – «Hawai» heißt das Kostüm –, zucken im Samba-Tanz, besessen von Negertrommeln, jauchzen den Refrain des Karneval-Schlagers mit, der auftaucht, niemand weiß vorher, und verschwindet, niemals hört man ihn wieder, und niemand weiß, weshalb gerade er zwei Millionen Menschen drei Tage lang erregt hat.

Das tanzt und lärmt und ist von der Ebene zweckmäßigen Lebens verrückt in Rauschverbundenheit mit dem Universum, geheizt von der Sonne, die hier zur Karnevalszeit hochsommerlich brennt, und gebeizt von der Sucht, sich auszutoben – einer Sucht, die sich, ohne jemand wehzutun, in Tanz und Lärm entspannt.

Welch ein Fest!

Kein anderes schneidet eine so tiefe Zäsur ins Leben der Person, der Stadt, des Staates.

Richter vertragen Prozesse «bis nach dem Karneval», Ministerien legen Akten mit diesem Termin zurück.

Am Karneval wird kein Wechsel fällig. Kein Schuldner zahlt. Kein Büro arbeitet. «Nach dem Karneval», sagen sie.

Ja, das sagen sie alle.

«Nach dem Karneval», sagt meine Wäscherin, wenn ich sie daran erinnere, daß meine Hemden überfällig sind. «Nach dem Karneval», vertröstet mich meine Freundin.

«Nach dem Karneval», vertagt mich der Dentist, und das ist der einzige Aufschub, der mich freut.

Vor dem Karneval wird man nur noch um Geld angeborgt, das man nach dem Karneval zurückerhalten soll. «Das Doppelte!» verspricht mir der Milchmann, der unbedingt vierzig Cruzeiros für ein paar weiße Hosen braucht.

Nach dem Karneval – denkt jeder – ach, wer weiß, was dann ist...

Vor dem Karneval wendet ein richtiges Rio-Mädel seine letzte Banknote an ein Paar vergoldete Schuhe und ein richtiger Rio-Junge seine letzte Münze an einen Sack Konfetti. Was nachher kommt – du lieber Himmel! – darüber nachzudenken, ist am Aschermittwoch Zeit genug, an jenem trübseligsten Tage Rios, an dem die Menschen bleich über die Straßen wanken, die schon in aller Frühe von Konfetti und Papierschlangen gesäubert worden sind. [...] Was den Rio-Karneval von jedem andern unterscheidet, ist weder der Glanz seiner repräsentativen Bälle – den leisten sich auch andere Großstädte –, noch ist es der Prunkumzug – den Nizza ähnlich arrangiert –: sondern es ist die Verzückung, die Trance der Tanzenden.

Diese Feststellung isoliert den spezifisch afrikanischen Bestandteil des Rio-Karneval. «Trance» ist sein rechter Name und besessene Neger trommeln ihn.

So ungewöhnlich Ausdrücke wie «Trance» und «besessen» in einem Faschingsbericht wirken: sie bezeichnen präzis, was hier vorgeht. Es ist kein Zufall, daß die Samba des Karneval mit manchen negerzauberischen «Makumba»-Tänzen übereinstimmt.

Um europäischen Lesern klarzumachen, was «Makumba» ist, muß ich sie von der lichterstrahlenden Avenida in eine jener trübseligen entlegenen Vorstädte führen, in denen das Leben so düster ist wie die Straße, die Sorgen so zahlreich wie das Ungeziefer und der Durst nach Erlösung so stark wie der nach dem «Wasser, das kein Vögelchen trinkt», dem Zuckerrohrschnaps nämlich.

Der Schriftsteller RICHARD KATZ (1888–1968) emigrierte 1941 nach Brasilien, über das er drei begeisterte Bücher schrieb.

Ein Kontinent in einer Stadt

Kontraste. Der augenfälligste Gegensatz, den Brasiliens frühere Hauptstadt aufweist, ist das krasse Nebeneinander von Weltstadt und Dschungel. Trotz des nordamerikanischen Gepräges seiner Monumentalbauten verleugnet diese Stadt der Kontraste nicht das subtropische, das exotische Südamerika.

Die Wildnis des «Hinterlandes» dringt bis an das Weichbild der alten Hauptstadt heran («Hinterland» ist als eine der wenigen deutschen Vokabeln ein unentbehrliches brasilianisches Fremdwort). Mancherorts schiebt sich der Dschungel bis zu den Beton- und Glaskolossen der Wolkenkratzer vor. «Kutscher, zum Urwald!» rief Sarah Bernhardt, Frankreichs große Schauspielerin, als sie am Zuckerhut weilte.

Strandparadies. Die schönste Stadt der Erde verfügt zugleich über den schönsten Badestrand: die fünf Ki-

Krasser Gegensatz von Armut und Reichtum: im Vordergrund Rocinha, eine der vielen Favela-Siedlungen, im Hintergrund die Hochhäuser der Stadtteile Ipanema und Leblon.

Ein beliebtes Ausflugsziel bei Einheimischen und Touristen ist der Corcovado, den man bequem mit dem Auto oder mit einer kleinen Zahnradbahn erreicht. – Blick von dort auf den Süßwassersee Lagoa Rodrigo de Freitas mit den angrenzenden Stadtteilen Ipanema und Leblon.

lometer lange Praia von Copacabana, Stelldichein der internationalen Welt. Felsige Bergrücken sperrten früher den Zugang zur Praia; nun fressen sich mächtige Tunnels durch den Gneis, und unablässig strömt der Verkehr zum Badevorort hinaus.

In sanftem Schwung zieht sich die Küste vom Fort Copacabana 6 Kilometer lang zum Stadtteil Leme. Das Meer, haifischfrei im Umkreis Rios, verlockt sommers und winters zum Baden.

Flut und Ebbe gibt es kaum. Ununterbrochen brandet eine vielmeterhohe Wogenwand heran. Davor tanzt weißer, schaumiger Gischt auf der bewegten grünblauen Fläche, verteilt sich auf dem Sand, tastet sich da und bis zur Promenade vor, vergeht.

In der Früh schon lastet die Hitze. Die ersten Badefanatiker treten aus den Appartementhäusern von Copacabana, im Bademantel oder Pyjama, einen Sombreiro auf dem Kopf, untern Arm den Sonnenschirm geklemmt nebst den Wochenschriften «O Cruzeiro» und «Manchete» sowie einigen Morgenblättern.

Langsam füllt sich der Strand – groß genug, um Zehntausenden Platz zu bieten.

Nachmittags reiht sich, zumal am Wochenende, Schirm an Schirm wie bunte Fliegenpilze. Ein seltsames Flimmern ist in der Luft.

Über den Asphalt der Avenida Atlântica gleitet gemächlich Wagen auf Wagen. Braune Senhoritas steigen aus, sich im weißen Sand zu aalen. Wahre Blüten der Tropen, ebengliedrig und zierlich, in ihrer Farbigkeit dekorativ wie die Landschaft. Blauer Glanz liegt über ihrem schwarzen, mitunter leicht gekräuselten Haar. Aus ihrem grazilen Gang spricht Portugal, Sizilien, Mozambique, Goa.

Rasch fällt der Bademantel; sie stehen in ihren buntseidenen, straffen Trikots an der Praia. Ein Blick aufs Meer, zu den Hochhäusern oder zum Lido, dem gepflegten Strandplatz. Dann breiten sie ihre Tücher aus, um in den Vormittag hineinzudösen.

Junges Mannsvolk, soeben noch ganz im Banne des Federballspiels, äugt verstohlen zu den Liegenden hinüber. Für Angelina, Gilda, Lídia sind sie nicht vorhanden.

Zwischen den Müßiggängern des Strandes stolzieren athletische Badewärter auf dunklen Marabubeinen; über die Köpfe – spaßig anzusehen – haben sie weiße Helme gestülpt.

Auf dem Mosaik des Trottoirs, das mit seinen verschachtelten Wachtürmen und massiven Kandelabern den Strand flankiert, ist ein fortwährendes Promenieren. Man zeigt letzte modische Akzente und unterhält

Eine Seilbahn fährt auf den Pão de Açúcar, den Zuckerhut. Sie macht Station am Morro da Urca (Bildmitte).

sich auf portugiesisch, englisch, französisch, deutsch. Sorgen sind aus Copacabana verbannt. Wenigstens sieht es so aus.

Über der Praia liegt eine friedvolle, fast monotone Heiterkeit. Gelegentlich wird sie frivol aufgerührt von einem jener wendigen Sportflieger, die, um einer Senhorita zu imponieren, ihre Maschinen in rasanter Kurve über die Sonnenschirme hinweg ins Blaue werfen.

Links, am Felsen von Léme, ziehen Fischer ihr Netz zum Strand. An den Schwimmern erkennt man, wo es im Wasser liegt. Dahinter treibt das Boot, das das Netz zuvor ins Meer hinausgeschleppt hat. Wenn ein Wellenberg anrollt, tanzt es lustig auf und ab.

Auf der offenen See, in Dunst gehüllt, sieht man gerade noch eine Insel oder einen schneckenhaft dahinkriechenden Küstendampfer. Er hat Zeit, alles hat Zeit. Am Himmel segelt eine winzige Wolke.

Eine Avenida stellt sich vor. Als Rios Boulevard zieht sich die Avenida Rio Branco zeilengerade vom zwanzigstöckigen Hochhaus der Abendzeitung «A Noite» bis zum klassizistischen Palácio Monroe, dem alten Senatsgebäude, das eine Nachbildung des für die internationale Ausstellung in Saint Louis 1904 errichteten Brasilien-Pavillons ist. [...]

Rios Hauptstraße ist zugleich eine Visitenkarte; eine Straße neuzeitlicher Repräsentation.

Hier ragen die Geschäftshäuser empor, teils im Wolkenkratzerformat, teils als orientalische Paläste verkleidet, teils im Prunkstil von Monte Carlo. Die Schätze brasilianischen Bodens, seien es Glimmer oder Erz, Reis oder Baumwolle, hier werden sie von Händlern aller Völker emsig an den Käufer gebracht.

Wenn in Europa oder sonstwo ein bestimmter Industriezweig darniederliegt, kann ein Exporteur auf der Avenida Rio Branco dem Konkurs nahekommen. Umgekehrt kann ein Krieg mit seinem Rohstoffbedarf, irgendwo auf entlegenem Erdteil, die Preise und damit den Gewinn in den Kontoren auf Rios Prachtstraße über Nacht emporschnellen lassen.

Es ist ein ständiges Auf- und Abflauen des Geschäfts, ein fortwährendes Feilschen um Dollar und Cruzeiro, ob in gleichmäßiger, erprobter Arbeit solider Firmen, ob im Hasardspiel schnell improvisierter Unternehmen, die sich ausschließlich auf geliehenes Kapital, auf fremde Lager stützen, und die ebenso rasch emporblühen wie scheitern können.

Trotz aller Probleme des Landes sieht der Journalist GUSTAV FABER in seinem 1970 erschienenen großen Report Brasilien als eine «Weltmacht von morgen».

Eine harte, arme Stadt

Die Sonne scheint, als ich Rio de Janeiro erreiche. Und sofort komme ich mir auf meinem verstaubten Motorrad, mit meinem schäbigem Gepäck und in meiner verrückten Ledermontur in dieser Stadt der Millionäre fehl am Platz vor. [...]

Ein Tunnel bohrt sich in einen kleinen Berg. Auf der anderen Seite läuft der Film weiter, bunt und dreidimensional. Copacabana, Ipanema, Leblond ... Wenn man Nizza, Cannes und Monte Carlo aneinanderreiht, hat man noch nicht mal ein Drittel der Ozeanseite Rios. Jeder erdenkliche Luxus, alle Symbole des Reichtums sind hier zu sehen: schwarze Limousinen, Kabrioletts mit geöffnetem Verdeck. Frauen, die sich zehnmal das Gesicht haben straffen lassen und sich nie im Leben selbst frisiert haben, gehen lässig den Strand entlang. Schöne Jünglinge mit flachem Bauch laufen hinter einem Ball her; verwunderte Touristen, zu denen ich gehöre, zeigen unverblümt ihre Begeisterung und ihr Staunen. Junge Mädchen mit festen Körpern tragen Bikinis, die so winzig sind, daß sie eigentlich nichts mehr verbergen. Einige Wagemutige haben versucht, ihre bloßen Brüste zu bräunen, aber man hat sie beschimpft, verhauen, vergewaltigt, und so haben sie sich Nylonpflästerchen auf die Brustwarzen, die Hinterbacken und auf die Schamhaare geklebt und sie mit goldenen Kettchen abgesichert, damit sie auch ja halten. Und somit sind die Tugendbolde zufriedengestellt, die *machos* fühlen sich nicht mehr provoziert, und die Bräune ist nicht mehr ganz einheitlich.

Geschäftsleute überqueren im Laufschritt die Straße, um wieder in ihre Büros zu kommen; zwischen zwei Gipfeltreffen sind sie kopfüber in die Wellen gesprungen.

Und dann die Wohnhäuser der Reichen mit ihren Balkons und Terrassen und den großen Fenstern, vollgestellt mit hübschen Grünpflanzen, bewacht von uniformierten Hünen mit Colts auf der Hüfte, die die Armen wittern wie ein Rassist einen Neger. [...]

Nach den schönen Häusern am Meeresufer kommt nichts mehr, nichts als eine harte, arme Stadt. Das luxuriöse, das glitzernde, das Rio der Sambas, vielleicht gibt es das, wenn die Sonne scheint; aber wenn der Himmel grau und düster ist, verliert Rio seine Seele. Die Wohnviertel am Meeresstrand wirken angeberisch und künstlich; die Stadt sagt nichts aus, gibt nichts her. Vielleicht existiert irgendwo ein aufregendes intellektuelles Leben, eine geistreiche Gesellschaft. Höchstwahrscheinlich. Bloß, ich habe nichts davon gespürt, schlimmer noch, ich habe nichts gesehen außer Protz – und Elend.

In den meisten Städten leben die Reichen in einem Teil und die Armen in einem anderen. Die Armen gehen zu den Reichen, wenn sie sicher sind, daß sie ihnen nicht in die Quere kommen; die Reichen gehen nie zu den Armen. Aus Angst vor Ansteckung? In Rio hält man sich nicht an diese Regel. Die Armen lassen sich dicht neben den Reichen nieder, so als ob die vergoldeten Wohnviertel ihre Diebe und Schmarotzer ausschwitzten.

Da diese gleich nebenan wohnen, sind sie schnell an ihrem «Arbeitsplatz». Eine eingetretene Tür, ein ausgeraubter Passant – der Verbrecher braucht nur drei weite Sprünge zu tun, und schon ist er wieder in seinem Reich: der *favela*. Die *favelas* sind Barackenstädte, die ihre eigenen Gesetze, ihr eigenes Leben haben. Das Messer überzeugt hier mehr als philosophische Argumente. Man kämpft hier, um zu überleben. Wenn die Kinder hungrig sind, gedeihen edle Gefühle nur schlecht. Man würde annehmen, daß ein erfolgreicher Dieb so schnell wie möglich diesem Elend entflieht und in eine gesündere Gegend zieht. Mitnichten. Die *favela* schützt ihn. Er baut sich dort ein solides Haus, legt es mit Teppichen aus und trinkt Markenwhisky vor seinem Farbfernseher. Die Armut um ihn herum ist wie ein Wall, der ihn vor den bösen Taten tugendhafter Rächer schützt. Selbst die Polizei betritt die *favela* nur im äußersten Notfall. Niemand betritt sie, außer den Nonnen.

Die Rocinha liegt auf einem Hügel am Ende der hübschen Strände von Copacabana und Leblond. Wenn die Kristallüster in den Salons der Reichen angehen, leuchten in der Rocinha einige nackte, an einer Schnur baumelnde Birnen auf, oder Petroleumlampen glühen in der Nacht – ein stumpfes und gleichzeitig bedrohliches Licht . [...]

Es ist kühl oben auf dem Zuckerhut. Die Sonne sinkt langsam über Rio, das Blau verblaßt zu einem Grau, einem Perlgrau, einem Silbergrau und wieder zu einem Grau. Und allmählich gehen, eines nach dem anderen, die Lichter an, und der Himmel wird mauvefarben, dann rot, dann dunkel. Das Meeresufer erstrahlt jetzt; die Straßenlaternen und die Scheinwerfer versprühen Licht, das wie Millionen von Irrlichtern über die endlosen Wellen tanzt. Der *morro* von Corcovado, von Baliconia, von Joãos, von Dona Marta und in der Ferne die Pedra da Gavea und die Pedra Bonita, all diese spitzen Felsen, die diese Stadt bedrohen, werden zu schwarzen und geheimnisvollen Schatten, verschont von jeder künstlichen Beleuchtung. Rio ist wie eine Insel weich fließenden Lichts in einer schwarzen Nacht, ein märchenhaftes Glitzern, das sich über Reiche und Arme erstreckt und die schmutzige Wirklichkeit verhüllt [...].

Hinter der Stadtgrenze beginnt der «Mata Atlântica», der Regenwald der Atlantikküste. Im Hintergrund rechts die Berge Dois Irmãos, links der Stadtteil Leblon.

Trotz aller Probleme ist Rio eine «Cidade Maravilhosa», eine wunderbare Stadt …

Am Wochenende starten Drachenflieger vom Felsen Pedra Bonita, um die märchenhaft schöne Landschaft von oben zu erleben …

Jede Strohbude hat ihre eigene Samba, ab Tonband oder von einer Kapelle gespielt. Meine schlauen Kameradinnen haben weder das eine noch das andere, weil ihre Nachbarn schon zu viele Sambas haben. […]

Wir stützen uns mit den Ellbogen auf einen langen, hohen Tisch auf, der die ganze Längsseite der Küche einnimmt. Fünf Paar Beine – ich rechne meine nicht dazu –, die in fünf Paar runden, sehr brasilianischen Hinterbacken enden; mehr sieht man nicht, weil der Rest des Körpers vornübergebeugt ist. Die Samba macht heiß. Ein Fuß fängt an, den Takt zu schlagen, dann können die Beine nicht widerstehen, die Knie beugen und strecken sich, der Rhythmus steigt höher, die Hinterbacken fangen an zu wackeln und bald auch die Busen, das Rückgrat wird zu einer Schlange, die Arme recken sich in die Höhe. Der Tanz erfaßt den ganzen Körper und die ganze Seele, er macht die Menschen trunken und glücklich.

Auf der anderen Seite tanzt eine dicht gedrängte Menge voller Begeisterung. *«Uma samba boa!»* schreien sie. Die Musiker lassen sich von ihren Melodien mitreißen und reißen ihrerseits die Tänzer mit. Das ist die echte Samba, die Samba, zu der man mit den Füßen stampft, zu der man die Hände schlägt, die Samba der lärmenden Laute, die zu Musik werden. Und die entfesselten Menschen tanzen und tanzen. Vom Zusehen allein gerät man in eine Art Trance.

Plötzlich springt ein Mann mit einem kahlrasierten Schädel in einem roten T-Shirt mehrmals in die Höhe, immer auf der gleichen Stelle; seine Bewegungen sind ruckartig, Speichel fließt ihm aus dem Mund. Sofort bildet sich ein Kreis um ihn. Eine dicke Frau mit Lockenwicklern legt ihre Hände auf seinen Kopf. Er beruhigt sich. Die Kapelle spielt gedämpfter.

«Er ist von einem bösen Geist besessen», erklärt mir eine Stimme.

«Er ist besoffen», sagt eine andere.

Der Mann atmet tief ein und bedankt sich bei der Dicken.

Die Kapelle spielt wieder mit voller Lautstärke, der Tanz beginnt aufs neue. Der böse Geist kommt zurück; fünf, zehn Tänzer umringen den Besessenen und legen ihm wieder die Hände auf den Kopf. Er beruhigt sich ein zweites Mal. Der böse Geist hat offensichtlich genug, denn er kehrt nicht mehr zurück.

ANNE-FRANCE DAUTHEVILLE, eine junge Frau aus Frankreich, fährt allein, wie selbstverständlich, mit dem Motorrad durch den Riesenkontinent Südamerika und beschreibt ihre Erlebnisse mit scharfer Beobachtungsgabe, voller Witz und engagierter Humanität.

… etwas ungefährlicher ist der Aufenthalt auf der Plattform des Corvocado – und phantastisch ist der Blick auch von hier!

INHALT

ANREISE

Rio de Janeiro wird von den meisten mitteleuropäischen Hauptstädten direkt angeflogen, von Frankfurt aus starten unter anderen die Lufthansa und die brasilianische Varig. Spezialreisebüros haben häufig Billigangebote parat – Startflughäfen sind dann gewöhnlich Brüssel, Amsterdam oder Paris. Abgesehen von Kreuzfahrtschiffen, kann man den Ozean auch mit einem Frachter überqueren. Aktuelle Daten und Preise teilen die Reiseagentur Hamburg-Süd, Ost-West-Straße 59, 2000 Hamburg 11, Tel. 0 40/3 70 55 91 und die Reiseorganisation der Navis, Billhorner Kanalstraße 69, 2000 Hamburg 26, Tel. 0 40/78 94 82 34, mit.

AUSKUNFT

Nach der Landung auf dem Internationalen Flughafen Galeão findet man Info-Stände in den Sektoren A, B und C, welche gewöhnlich von 5 bis 23 Uhr geöffnet sind und meist Prospekte über Hotels, Touren und Veranstaltungen bereithalten. Weitere Auskunftsstellen finden sich auf dem Busbahnhof «Rodoviária Novo Rio» und auf dem Stadtflughafen «Santos Dumont»; an anderer Stelle, etwa im Zentrum, sucht man sie ebenso vergebens wie ausgehängte Stadtpläne. Brasiliens Touristenmetropole Nummer Eins macht Besuchern das Zurechtfinden nicht eben leicht, zumal da auch Taxifahrer oder Passanten selten wirklich Bescheid wissen. Eine städtische Tourismusbehörde namens «Riotur» existiert in der Rua Assembleia 10 des Centro, sie gilt jedoch als wenig kompetent.

VERKEHRSMITTEL

Für den Weg zum Hotel gibt es nach der Auskunft am Flughafen Galeão mehrere Möglichkeiten: Etwa alle zwanzig Minuten fährt ein relativ komfortabler, klimatisierter *Sonderbus* zu den großen Bettenburgen der touristischen Südzone und hält vorher auch am Busbahnhof «Rodoviária Novo Rio», in der Avenida Rio Branco sowie dem kleineren Stadtflughafen «Santos Dumont», welcher vor allem wegen der Flüge nach São Paulo interessant ist.

Außerdem stehen reichlich *Taxis* bereit – die gelben, normalen, darunter sogar noch VW-Käfer, und die bequemeren, teuereren Funktaxis. Mit letzteren kommt man auf jeden Fall sicherer zum Ziel, denn am Steuer der gelben Taxis sitzen leider nur zu oft Gauner, die mit allen Tricks oder sogar durch Nötigung versuchen, den Stadtneuling auszunehmen.

Da man in Rio schwerlich ohne Taxi zurechtkommt, sollten gleich nach der Ankunft die aktuellen Preise und Gepflogenheiten erfragt werden. Nach dem Einsteigen empfiehlt sich stets ein prüfender Blick aufs Taxameter: Hat der Fahrer wirklich auf den Grundwert zurückgeschaltet, transportiert er Sie zu Recht mit der sogenannten «Bandeira dois» für den Nacht-, Sonntags- und Langstreckentarif? Viele «Taxistas» lesen bewußt falsch von jener Tabelle ab, auf der der Taxameterstand in den Endpreis umgerechnet ist. Und viele wollen Sie verbotenerweise nur gegen einen vorher festgesetzten Tarif, natürlich grauenhaft überhöht, transportieren. Da manchmal keine Alternative in Sicht ist, hilft nur Feilschen. Auf einen Streit sollte man sich jedoch nicht einlassen, vor allem, wenn man allein, weiblich und nachts unterwegs ist – die Sache könnte böse ausgehen.

In Rio de Janeiro gibt es *Vorortzüge*, die vom Hauptbahnhof, der «Central do Brasil» abfährt; aus Sicherheitsgründen sollte man diese allerdings nicht benutzen.

Zu empfehlen ist dagegen die saubere, sichere *Metro*, deren Streckennetz die touristische Südzone aber noch weitgehend ausläßt und von Botafogo über Flamengo, Catete, Glória, Cinelândia bis zum Praça Saens Peña im Stadtteil Tijuca der ärmlichen Nordzone reicht. An der Station «Estácio de Sá» können sehr Risikofreudige in einen Zug der Nebenstrecke nach Engenho da Rainha umsteigen. Eigenartigerweise fährt die Metro sonntags nie, ansonsten auf der Hauptstrecke von 6 bis 23 Uhr, auf dem Ableger nur bis 20 Uhr. Der Einheitspreis liegt bei umgerechnet etwa 30 Pfennigen, es gibt Mehrfachtickets bis zu zwölf Fahrten.

Rio hatte früher ein Straßenbahnnetz von etwa 400 Kilometern. Aus wirtschaftlichen Gründen, wenngleich mit letztlich unwirtschaftlichen und umweltschädlichen Folgen, wurden die «Bondes» zugunsten von stinkenden *Dieselbussen* eingestellt. Inzwischen erwägt man ihre Wiedereinführung. Bis dahin muß man sich mit den Rumpelbussen begnügen, die einen auch noch weit nach Mitternacht nahezu in den letzten Winkel der Metropole bringen. Notwendig sind allerdings ein paar Brocken Portugiesisch, denn an den Haltestellen gibt es keinerlei Streckeninformation, oft bestenfalls Busnummern und den Namen des Stadtteils, in welchem sich die Endhaltestelle befindet. Eingestiegen wird hinten, beim Passieren eines Drehkreuzes legt man dem «Trocador» das geringe Fahrgeld aufs Brett. Den Haltewunsch tut man per Reißleine kund und steigt vorne beim Fahrer aus. Der stoppt, wie man rasch bemerkt, freundlicherweise auch zwischen den Haltestellen. Ratsam ist, die Slumvororte der Baixada Fluminense zu meiden sowie jene Linien, die an der Rocinha, Lateinamerikas größtem Armenviertel nahe Gávea und São Conrado, vorbeiführen.

Zum Stadtteil Niterói auf der anderen Seite der Guanabarabucht oder zur Insel Paquetá fahren langsame große und pfeilschnelle kleine *Fähren* vom Praça Quinze (offiziell: Praça 15 de Novembro) aus.

Der einladenden Hafenbucht verdankt die Stadt ihre Gründung Anfang des 16. Jahrhunderts.

ÜBERNACHTEN

Rio de Janeiro gehört glücklicherweise zu den Großstädten, in denen man selbst zur Hauptsaison auch ohne Reservierung meist das Passende findet. Die besten Hotels sind mit fünf Sternen gekennzeichnet und natürlich in den Strandstadtteilen Leme, Copacabana, Ipanema, Leblon und São Conrado am dichtesten gesät. Fast ausnahmslos handelt es sich um moderne Bettenburgen wie man sie überall auf der Welt findet. Wer auf Meeresblick erpicht ist, bezahlt höhere Preise, doch bereits in den Parallelstraßen der Strandavenidas kommt man erheblich günstiger unter. Nur ein einziges Hotel, das «Copacabana Palace», hat noch etwas vom Charme der zwanziger Jahre bewahrt. Damals gab es all die häßlichen Blocks daneben und dahinter noch nicht und das feudale Hotel stand in dörflicher Umgebung. Errichtet wurde das «Copacabana Palace» durchweg aus deutschem Zement, die hübschen Lüster stammen aus Böhmen. Am Swimmingpool und an den Bars vergnügten sich Marlene Dietrich, de Gaulle, Nixon, fast ganz Hollywood. Zum Komplex gehört auch heute noch ein gutes Theater.

In Botafogo, Flamengo und Rio antigo, der Altstadt, sind die preiswerteren oder sogar spottbilligen Hotels konzentriert. Die nahen Strände taugen zwar nicht mehr zum Baden, doch bis zu den nächstgelegenen in Leme oder Copacabana sind es nur etwa zehn Taximinuten. Wer vor allem einen Badeurlaub in Rio verbringen will, sollte praktischerweise die strandnahen Hotels der Mittelschichts- und Reichenviertel in der Südzone bevorzugen. Für Individualisten, all jene, die das authentische, untouristische Rio, jenes der alten Tanzdielen und Sambaschulen, der

Hafenkneipen und traditionellen Marktviertel interessiert, kommen eigentlich nur Cinelândia, Glória oder Lapa in Frage. Mißverständnisse könnten an der Portierloge bestimmter Hotels und Motels entstehen, denn vermietet wird lediglich an Paare und meist nur für einige Stunden. Die Kundschaft will dort nicht übernachten, sondern etwas viel Schöneres. Die modernen Lustschlößchen, bei den Cariocas außerordentlich beliebt, sind dafür entsprechend ausgestattet. Die besseren dieser sogenannten «notels» oder Rotativhotels können durchaus empfohlen werden.

ESSEN UND TRINKEN

«Feijoda», «Rodízio» und «Caipirinha» sind die drei Hits der Rio-Gastronomie, die kein Besucher auslassen sollte. Alle übrigen Köstlichkeiten kennt man so oder ähnlich auch aus anderen Ländern – Einwanderer von dort, insbesondere Italiener, Spanier, Portugiesen, Araber und Asiaten, Deutsche und Schweizer, brachten natürlich auch ihre Küche mit, so daß an entsprechenden Restaurants überall in der Stadt kein Mangel besteht.

Eine «Feijoada» gönnen sich die Cariocas vor allem am Samstag und lassen sie gerne in ein wahres Freß- und Tanzgelage ausarten, das sich über Stunden hinziehen kann. «Feijoada» ist eine Kalorienbombe, die es in sich hat. Mindestens zwanzig Zutaten gehören dazu: schwarze oder braune Bohnen, Rindfleisch sowie Ohren, Lende, Füße, Speck und Ringelschwanz vom Schwein, Knoblauch, Lorbeerblätter, Kümmel und Pfeffer. All dies wird in einem Ton- oder Metalltopf serviert, außerdem werden Reis, geröstetes Maniokmehl, brasilianischer Grünkohl und Grieben sowie eine Orange gereicht.

Zur schweren «Feijoada» paßt als Verdauungsförderer nur der Nationalcocktail «Caipirinha», bestehend aus dem auch pur recht passablen Zuckerrohrschnaps (Cachaça), Limonenstückchen, Zucker und Eis. Er tut auch zu anderer Stunde gut, sollte jedoch in Maßen genossen werden – die dritte Caipirinha hat schon so manchen Europäer jäh aus dem Verkehr gezogen und aufs Hotelbett geworfen.

Zum «Rodízio» paßt sie weniger, empfehlenswerte Restaurants wie das «Marius» auf der Strandpromenade von Leme haben dafür eine gute Weinkarte parat. Man bezahlt einen Festpreis und wird dann von den Garçons so lange mit Fleischspezialitäten bedient, bis einem die Puste ausgeht. Um die unverschämte Völlerei richtig auskosten zu können, sollte man am besten vorher einige Mahlzeiten auslassen. Gegrilltes Steakfleisch von Rind und Schwein, Geflügelherzen im Dutzend, Rouladen und Würstchen werden direkt vom Spieß auf den Teller geschnitten bzw. gestreift. Es ist schwierig, in Brasilien zum Vegetarier zu werden, denn Fleisch dieser Qualität gibt es in Europa nicht; über 150 Millionen Rinder wachsen auf riesigen Weide des Tropenlandes völlig chemiefrei auf – und dies schmeckt man auch. Aufs Fleischgrillen spezialisierte Restaurants heißen «Churrascarias», aber längst nicht alle haben nur «Rodízio» auf der Karte.

Oben: das Stadtviertel São Conrado; unten: das Jugendstilcafé «Confeitaria Colombo».

Als Stadt am Meer bietet Rio natürlich ein reiches Meeresfrüchteangebot, das man am besten auf der Freiterrasse des *Sol e Mar* in Botafogo durchprobieren sollte. Besonders zu empfehlen sind «Camarão a Paulista» oder «Muqueca» – allerlei Meerestiere, die mit Palmöl und Kokosmilch zubereitet werden.

Überall fällt auf, daß Rios Küche nicht scharf ist, Pfeffer steht selten auf dem Tisch und muß ebenso wie andere Gewürze meist erbeten werden.

Für den kleinen Appetit, zum Glas Bier, dem «Chope», sind «Bolas do Bacalhão», Kabeljaubällchen, das richtige. «Sucos», Säfte aus in Europa völlig unbekannten Früchten, werden an zahlreichen Stehbars im Handumdrehen gepreßt; es sind die besten Durstlöscher, ebenso wie Kokosmilch. Verzichten Sie nicht auf das schmackhafte, gesunde Kokosfleisch, sondern machen Sie dem Verkäufer, der Ihnen die Nuß öffnet, notfalls mit Gesten klar, daß Ihnen auch am «Carne de Coco» gelegen ist – er hackt dann einen kleinen Schnitzer aus der Schale und spaltet die Frucht.

Einen Bummel durch das lebhafte Rio antigo, die Altstadt, kann man mit allerlei gastronomischen Pausen auflockern. Ein Frühstück in Brasiliens schönstem Café-Restaurant, der *Confeitaria Colombo* in der Rua Gonçalves Dias 32, das auch eine ansprechende Mittagskarte hat, sollten Sie sich auf alle Fälle einmal gönnen. Den kleinen Kaffee oder Tee zwischendurch serviert ebenso stilvoll das nahe gelegene traditionsreiche *Casa Cave* an der Ecke Rua Uruguaiana und Rua Sete de Setembro. Für's «Almoço» gibt es in der Altstadt zwei herausragende Adressen – das Restaurant im Untergeschoß des *Teatro Municipal* mit assyrischem Interieur und Bossa Novas vom Flügel, sowie das rotierende Turmrestaurant *La Tour* in der Rua Santa Luzia 651. Der Blick von dort oben ist fast so bezaubernd wie vom Zuckerut. Den tiefschwarzen «Cafezinho» im Stehen nahe verruchtem Ambiente bietet das für Milieustudien wie geschaffene *Café Capital* am Praça Tiradentes gegenüber dem Teatro João Caetano.

Spätnachmittags gehört die *Bar Luiz* in der Rua da Carioca zu den beliebtesten Treffpunkten. Das berühmteste Bierlokal mit den am besten gezapften hellen und schwarzen «Chopes» wurde von dem Deutschen Adolf Rumjamec um die Jahrhundertwende eröffnet. Der Name *Bar Adolf* machte in den vierziger Jahren zu Unrecht böses Blut; auf einen vehementen Schülerprotest vor der Tür gegen den angeblichen Nazitreffpunkt folgte die Umbenennung. Am frühen Abend tobt vor allem freitags im *Amarelinho* von Cinelândia das Leben; vor dem Besuch des Teatro Rival oder eines Balls nimmt man hier einen «Chope» oder eine «Caipirinha»; direkt nebenan, im *Vermelinho*, ist der «Tornedor com salada mista» nicht zu verachten.

EINKAUFEN

Rio de Janeiro ist eine Metropole der Dritten Welt – insofern macht es wenig Sinn, in puncto Warenangebot und Qualität mit europäischer Elle zu messen. Vielerorts ist das «Wie» des Verkaufs weitaus interessanter als das «Was». Man kann stundenlang durch alte Marktviertel stromern, dem Heer der Straßenhändler zusehen und wird schwerlich dem Kaufrausch verfallen.

Am günstigen Umtauschkurs und den Offerten des Hochsommers könnte es jedoch liegen, daß mancher in Rio komplett die Sommergarderobe erneuert und den Koffer zudem mit gut gearbeitetem Schuhwerk sowie modischen Taschen füllt. Denn *Kleidung* ist offenkundig die Stärke Brasiliens: in tropisch-sinnlichem Klima zieht man sich anders an als im kühlen Europa. Tiefe Décolletés, kühnste Bademode und Dessous sind sozusagen normal, selbstverständlich, die modebewußten Cariocas machen sich zum Ausgehen gern raffiniert zurecht. Die nötige Grundausstattung liefern Boutiquen und Shopping Centers, vor allem in den Südzonenstadtteilen Ipanema, Leblon und São Conrado – im Centro liegen die besten Adressen im Bereich der früheren Prachtavenida Rio Branco.

Ein Muß ist der Altstadtbasar *Saará* (Sahara). Ein Teil der Geschäfte im Gassengewirr zwischen dem Park Campo de Santana, der Avenida Presidente Vargas und der Rua Uruguaiana gehört tatsächlich Nachfahren von arabischen Einwanderern. Hier gibt es alles, was José Schlechtverdiener so braucht.

Souvenirs für jeden Geschmack und Geldbeutel kann man bei den Straßenhändlern kaufen.

Anitquitäten der erlesensten Sorte bieten die Shopping Centers «Gávea» und «Cassino Atlântico» an der Copacabana an; interessanter sind aber die «Feiras de Antiguidades» unter freiem Himmel, besonders jener samstags am Praça Marechal Ancora von 8 bis 17 Uhr, unweit des gleichzeitig stattfindenden Flohmarktes.

In Brasiliens Erde schlummern die begehrtesten *Edelsteine*, darunter Diamanten, Smaragde, Turmaline, Opale und Amethyste – roh, geschliffen, mit oder ohne Fassung werden sie von Rios Juwelierimperien «Stern» und «Amsterdam Sauer» sowie unzähligen anderen kleinen Konkurrenten vor allem in der Zona Sul, in und neben den besten Touristenhotels, feilgeboten. In der Rua Visconde de Piraja 490, im größten Geschäft Hans Sterns, kann man nicht nur kaufen, sondern sich durch die Produktionswerkstätten führen lassen. Die Straße ist auch wegen ihrer Boutiquen bekannt; eine heißt «Bum Bum» (weibliches Hinterteil) und ist auf ausgefallenste Bikinis spezialisiert.

In keiner anderen Stadt des Landes kann der Besucher in ein, zwei Wochen so viele Stars der *Música Popular Brasileira* hören und deren Werke auf Platte oder CD gepreßt in Riesenauswahl gleich mitnehmen. Die Läden sind leicht zu orten – meist dröhnt aus ihnen Samba, Bossa Nova oder Rock auf die Straße. Liegen mehrere «Lojas do Disco» eng beieinander, kommt es zu einer irrwitzigen Vermischung. Für den Kauf, fürs Hineinhören, seien Namen wie Chico Buarque, Gilberto Gil, Caetano Veloso, Emílio Santiago, Ivan Lins sowie Gal Costa, Maria Bethania, Alcione, Nara Leão und Marisa Monte empfohlen – die Liste könnte jedoch nahezu endlos sein.

Schließlich die unvermeidlichen Andenkenläden: Kitsch en masse, Zuckerhut- und Papageien-T-Shirts in schreienden Farben, doch bisweilen auch Interessantes aus Holz, Ton, Edelgestein und Leder. Ein Tip: Der Mitbringsel-Einkauf auf den Sonntag verschieben, denn von 9 bis 18 Uhr ist auf dem Praça General Osório in Ipanema *Hippiemarkt* mit den originellsten Offerten der Stadt.

KULTUR- UND NACHTLEBEN

Was sich am Zuckerhut vom frühen Abend bis zum Morgengrauen abspielt, spottet – in mehrdeutigstem Sinne – jeder Beschreibung. Rio, dafür lege ich meine Hand ins Feuer, ist Lateinamerikas fidelste, kulturell interessanteste Metropole.

Musik und Tanz sind die beiden Schlüsselworte – in wunderschönen alten «Gafieiras» und moderneren Ballhäusern nahezu jeder Größenordnung spielen Orchester das Beste der «Música Popular Brasileira» von heute und damals. Tanzenderweise kann sich der Besucher einen Eindruck davon verschaffen, was die Cariocas mögen und wie es um ihr Lebensgefühl bestellt ist. Klischees sollen nicht verstärkt

Noch ist die Stadt ein ganzes Ende entfernt: Blick vom 1750 eingeweihten Aqueduto da Carioca auf Rio (Lithographie von 1835).

werden – in Zeiten härtester Wirschaftskrise und Hyperinflation vergeht auch den Bewohnern Rios mitunter der Spaß, und dies läßt sich an den Gesichtern ablesen.
In der *Estudantina* am Praça Tiradentes, einer der seelenvollsten Tanzdielen, traf ich eines Nachts auf die blendend aufgelegte Kollegenschar einer Firma und wurde beiläufig darüber informiert, daß über die Hälfte von ihnen heute entlassen worden sei. Ich war verdutzt, perplex, und bekam zu hören: Ja, sollen wir uns denn deshalb alle erschießen? Die «Dançarina» zeigte auf das Estudantina-Motto oben an der Wand: «Solange man noch tanzt, gibt es Hoffnung!»
Die Schwoofs werden von allen Altersgruppen geschätzt; wer an Europas Grüppchenszene gewöhnt ist, mag sich über Rios generationenübergreifende Kultur wundern, von achtzehn bis achtzig – alles buntgemischt. Zu den besten Tanztreffs gehört der Sonntagsball im *Circo Voador*, die «Domingueira». Dreher, Schlenker, Sprünge – wer sie am raffiniertesten hinlegt, ist meist Lehrer in einer von Dutzenden *«Academias de Dança de Salão»*. Warum ihn oder sie nicht einfach ansprechen, einen Termin für ein paar Privatstunden Samba, Bolero und Swing vereinbaren und auf diese Weise dem Rio-Aufenthalt eine ganz besondere Note geben? Nur ein paar Schritte vom *Circo Voador* entfernt steht übrigens das alte Ballhaus *Asa Branca*, dessen Gafieira-Termine meist in den Zeitungen angegeben sind.
Zu nennen ist auch Lateinamerikas größter Showpalast – in einem Stadtteil der Nordzone namens Meier. Man sitzt wie in den anderen «Casas do Espectáculo», ob *«Canecão»* oder *«Scala»*, an Tischchen, kann Bier, Wein, Sekt und allerlei Knabbereien zum Seh- und Hörvergnügen genießen oder gar eine verschwiegene, luxuriöse Loge mieten.
Etwa zur gleichen Stunde, gegen elf Uhr, treten auf über 40 kleineren Bühnen Virtuosen der «Música Popular Brasileira» vors Publikum. Nicht minder famose Kollegen erleichterten zuvor Tausenden von Cariocas in den beliebten «Seis-e-Meia-(Halb-Sieben-Uhr-)Konzerten» das Abschalten nach einem grauen Büro- und Fabrikalltag.
Brasiliens meistfrequentiertes Theater, das *«João Caetano»* am Praça Tiradentes, hat diese Shows stets von Montag an auf dem Programm, das *«Teatro Rival»* beginnt einen Tag später und präsentiert um halb zehn die nächsten Artistas.
Freunde klassischer Musik kommen in Rio ebenfalls auf ihre Kosten; den besten Rahmen, auch für Ballett und Oper, bietet dafür das *«Teatro Municipal»* in Cinelândia. Das philharmonische Orchester Rios, dirigiert von Isaac Karabtchewsky, gibt häufig Sonntagsmatinees. Nahezu alle großen Kollegen – und Klangkörper – der Alten Welt gastierten hier und kehren gerne wieder. Einige hundert Meter entfernt, in der Rua do Passeio, wird im Konservatorium Brasiliens Nachwuchs der «Música erudita» ausgebildet und gibt oft bereits am Nachmittag Gratis-Konzerte. Im sehr schönen alten Saal gedenkt man auch verblichener, jedoch unsterblicher Größen der «Música Popular Brasileira» wie Elizeth

Cardoso, «A Divina» (Die Göttliche). Auf der anderen Seite des Largo da Lapa, im *«Sala Cecília Meireles»* mit der rosa Fassade, ist fast täglich Klassik der kleinen Form zu hören, ferner treten dort Gitarrenvirtuosen wie Rafael Rabelo und Sebastião Tapajos, Opernsänger, Chöre und gelegentlich auch Argentiniens Tangokönige auf.
Wer Portugiesisch gut versteht und spricht, hat natürlich weit mehr von Rios Kulturszene und kann sich vor allem auch in den Sprechtheatern umsehen: zwanzig bis vierzig Stücke pro Tag, das bietet wahrlich nicht jede Stadt. In Brasilien haben die Theater selten eigene Ensembles, sondern vermieten nur an diese. Deshalb kann auf einen Publikumsrenner mit jahrelanger Laufzeit im selben Hause eine Vorstellung der allerschwächsten Art folgen. Eine Rangliste der Spielstätten läßt sich daher schwerlich erstellen.
Das erst seit wenigen Jahren existierende *Kulturzentrum* im früheren protzigen Sitz der «Banco do Brasil» an der Rua 1° de Março hat sich zur Überraschung der Initiatoren nahezu auf der Stelle zu einem Anziehungspunkt erster Güte entwickelt. Es gibt dort mehrere Theater, Kinos, Restaurants sowie interessant konzipierte Ausstellungen; und alles in einem Ambiente, einem Flair, das vor Jahrzehnten in Rio noch die Regel war, und nicht wie heute leider die Ausnahme.

Heute liegt das Aquädukt mitten in Rio und dient als Brücke für die Trambahn nach Santa Tereza.

SEHENSWÜRDIGKEITEN

Ziffern im Kreis verweisen auf den Stadtplan, kursive Ziffern auf Farbabbildungen.

AQUEDUTO DA CARIOCA ①. Kaum zu glauben, daß sich das imposante Wahrzeichen Alt-Rios im Einweihungsjahr 1750 noch außerhalb der Stadtgrenzen befand und einstmals für die Wasserversorgung unerläßlich war. Sklaven, die zuvor auf stundenlangen Fußmärschen Quellwasser in Tonkrügen aus dem Gebirge heranschleppen mußten, errichteten das 64 Meter hohe und 270 Meter lange Aquädukt aus Ziegel- und Natursteinen, Kalk und – Waltran. Heute zuckeln hölzerne Straßenbahnen darüber, an denen stets Menschentrauben hängen – denn nur wer sitzt, muß bezahlen.
Die Fahrt vom Centro in den malerischen Bergstadtteil Santa Tereza mit den «Bondes» genannten Wägelchen ist für jeden Besucher Rios eigentlich ein Muß. Wem bei der Schaukeltour übers Aquädukt mulmig wird, der schaue besser nicht nach unten, sondern über den früheren Boheme-Stadtteil Lapa, an dessen große Zeit als «Montmartre carioca» zu Jahrhundertbeginn heute nicht mehr viel erinnert.
Direkt neben dem Bauwerk, das im Volksmund «Arcos da Lapa» heißt, lockt Rios wichtigstes Kulturzentrum, der «Circo Voador», die beste Ball-Adresse der Stadt.

BENEDIKTINERKLOSTER SÃO BENTO ②. Wundervolle gregorianische Gesänge zu Orgelmusik im weltgrößten Badeort? Jeweils sonntags, in der Morgenmesse um zehn Uhr, kann man sie in der Klosterkirche hören, die auf einer Anhöhe am Hafen steht. Benediktinermönche begannen 1617 mit dem Bau des Klosterkomplexes. Die prachtvolle Kirche trägt Züge des Barock und des Rokoko, die Fassade wird dem Manierismus zugeordnet. Die Glocken hoch oben wurden in Deutschland, die außergewöhnlichen Portale in Großbritannien gegossen. Die Silberleuchter hat einer der bedeutendsten brasilianischen Bildhauer, Mestre Valentim, entworfen. Das Kloster kann man leider nicht besichtigen; seine Mönche unterrichten nebenan im wohl berühmtesten Jungengymnasium des Landes, das einen beträchtlichen Teil der geistig-künstlerischen Elite des Landes formt.
1711 wurde vom Kloster aus ein Angriff französischer Kriegsschiffe auf Rio mit Kanonen abgewehrt; von jenen Geschossen, die in São Bento allerlei Schaden anrichteten, haben die Benediktiner einige aufbewahrt. 1732 vergaß Frei Salvador vor dem Schlafengehen den Zellenleuchter zu löschen – ein Großteil des Konvents ging in Flammen auf. 1832 quartierte Kaiser Pedro I. Seeleute auf dem Hügel ein, 1894 wurden die Schiffe der revoltierenden Kriegsmarine von oben unter Beschuß genommen. 1964 schließlich, zu Beginn der Militärdiktatur, mußten die Mönche mit Putschsoldadeska zurechtkommen.
Inzwischen ist in São Bento endlich Ruhe eingekehrt, nur der Lärm der vorbeifüh-

renden Hochstraße stört beim Meditieren. Der nicht beschilderte Weg zum Convento beginnt in der Rua Dom Gerardo am Praça Mauá.

BIBLIOTECA NACIONAL. An der Gestaltung der 1910 eröffneten neoklassizistischen Bibliothek haben einige der wichtigsten bildenden Künstler Brasiliens mitgewirkt, darunter Henrique Bernardelli, Rodolfo Amoedo und Eliseu Visconti. Im Foyer werden regelmäßig Ausstellungen gezeigt, auf den Vortreppen ruhen sich gerne Straßenkarnevalisten und Demonstranten aus – schließlich steht die Nationalbibliothek an einem Brennpunkt des politisch-kulturellen Geschehens der Stadt, in der Avenida Rio Branco 219–239. Öffnungszeiten: Montag–Freitag 9–20 Uhr, Samstag 12–18 Uhr.

CINE IRIS. Beim Bummel durch die lebhafte, bisweilen auch nervenaufreibende Altstadtstraße *Rua da Carioca* kommt man am ältesten und einst elegantesten Kino Rios, dem «Cine Iris» von 1909 vorbei. Das denkmalgeschützte Gebäude mit den gußeisernen Treppenaufgängen bietet leider nur noch allerschlechtestes Programm – Porno- und Gewaltfilme, gekoppelt mit Striptease. Rua da Carioca 49, Centro.

CORCOVADO. Der «Bucklige» ist Rios anderer Zuckerhut und erlaubt aus 703 Metern Höhe einen phantastischen Blick auf den eigentlichen, weltbekannten, viel niedrigeren. Ganz zu schweigen von der herrlichen Aussicht auf die Guanabarabucht, die Stadtwälder und den durch Ipanema und Leblon vom Meer getrennten See Lagoa Rodrigo de Freitas mit seinen weißen Reihern, dazu am Rande Yachtclub, Pferderennbahn und teure Restaurants.
Auch das Maracanã, das größte Fußballstadion der Erde, ist gut zu erkennen. Oben auf dem Corcovado steht die Statue des Cristo Redentor, 38 Meter hoch, 700 Tonnen schwer und 1931 von dem französischen Bildhauer Paul Landowsky vollendet. Der Papst tat es 1981 dem steinernen Jesus nach, breitete die Arme aus und segnete die Stadt, deren Bewohner übrigens davon überzeugt sind, daß eine solche Traumlandschaft nur von einem der ihren geschaffen werden konnte, und zwar am siebten Tage. Wer es nicht wußte – der Herrgott ist Brasilianer.

Oben: der Stadtteil Ipanema; Mitte: das Maracanã-Stadion, das größte Fußballstadion der Welt; unten: das Franziskanerkloster Santo Antonio oberhalb des Largo da Carioca.

Der Corcovado wird nicht anders als der eigentliche Zuckerhut regelmäßig von in- und ausländischen Alpinisten erklommen. Als Spaziergänger kommt man ebenfalls hinauf, durch den Tijuca-Nationalpark – das Risiko eines Überfalls ist jedoch inbegriffen. Empfohlen werden kann deshalb nur die Tour mit dem Auto oder der schweizerischen Zahnradbahn über dreieinhalb Kilometer, beginnend in der 1884 von Kaiser Pedro II. eingeweihten «Estação de Ferro do Corcovado» in der Rua Cosme Velho 513, täglich zwischen acht und achtzehn Uhr.

Doch aufgepaßt – vorher sollte man sich auf jeden Fall vergewissern, ob die Bergspitze auch an sonnigen Tagen nicht etwa in eine Wolke gehüllt ist – dann stünde man oben schlichtweg im Nebel und sähe rein gar nichts von all der Pracht. *2, 6, 7, 45, 47*

Eine grüne Oase: der Botanische Garten.

FRANZISKANERKLOSTER SANTO ANTÔNIO ③. Auf der Anhöhe über dem Gaukler- und Marktschreierplatz *Largo da Carioca* steht Rios älteste, 1620 fertiggestellte Kirche.

Zum Konvent gehören ferner mehrere Kapellen und – ein Karzer für schwänzende Mönche, der heute wohl nicht mehr benutzt wird. Zum Heiligen Antonius kommen traditionell Frauen, die einen Mann suchen. Mit Gebeten und kleinen Geschenken möchten sie den Santo günstig stimmen, vor allem dienstags, an seinem Geburts- und Sterbetag. Am Hang des Klosters wurden früher Sklaven begraben. Ein Teil des Franziskanerklosters kann besichtigt werden.

IGREJA DA NOSSA SENHORA DA CANDELÁRIA ④. Unter den großen Kirchen Rios ist diese die sehenswerteste, die eher wie eine Kathedrale wirkt. Der Pfarrei Candelária sind mittlerweile schlichtweg die Schäfchen ausgegangen, denn in ihrem Bereich wohnt niemand mehr, sofern man die Obdachlosen nicht mitrechnet. Dennoch hat keine andere Kirche der Stadt soviel Prestige – alle bedeutenden, auch politisch motivierten Messen sowie Begräbnisfeiern dahingeschiedener Prominenter aus Politik und Wirtschaft finden hier statt.

In dem monumentalen Prachtbau voller Kunstwerke und farbigem Marmor, mit Stilelementen des Barock und der Renaissance, heiraten zudem all jene, die sich für wirklich wichtig halten. Vor einigen Jahren war den Vorstehern entgangen, daß sich Brasiliens Nacktstar Claudia Raia zur Trauung angemeldet hatte – aus der Zeremonie wurde zum Entsetzen der Priester ein Mordsspektakel mit Trockeneisschwaden und kitschiger Theatralik vorm Altar.

In bestem Rufe steht die Kirche, deren Bau sich über 123 Jahre, bis 1898, hinzog, indessen aus jüngsten Diktaturzeiten: Verfolgte fanden hier Unterschlupf, und als Kavalleristen den Teilnehmern einer verbotenen Kundgebung nachsetzen wollten, bildeten die Padres an den wunderschönen bronzenen Portalen eine Menschenkette. Weil sich die Zeiten so sehr leider nicht geändert haben, beginnen alle Demonstrationen gegen die Regierungspolitik weiterhin vor der «Candelária» und endeten in Cinelândia.

Ein absolutes Muß: eine Fahrt mit der Zahnradbahn auf den Corcovado, «den Buckligen».

Die Kirche ist verkehrsumtost, so daß man oft Mühe hat, zu ihr vorzudringen. Nur Schritte entfernt befinden sich zwei andere Sehenswürdigkeiten: das Kulturzentrum im ehemaligen Stammhaus der «Banco do Brasil» sowie das frühere Zollhaus, das heute vor allem für Ausstellungen genutzt wird.

IGREJA DA NOSSA SENHORA DA GLÓRIA DO OUTEIRO ⑤. Weithin sichtbar steht die 1739 geweihte Kirche auf einem Hügel und zählt deshalb zu den beliebtesten Postkarten- und Foto-Motiven Rios. Man genießt vom Portal aus den Blick über Bucht und Innenstadt und kann zudem ein kleines Sakralmuseum besuchen.

Im Innern der Kirche fallen die schönen portugiesischen Kachelbilder ins Auge.

IGREJA DE NOSSA SENHORA DA PENHA DE FRANÇA. Die Kirche selbst ist längst nicht so interessant wie das Drumherum: An den Wochenenden im Oktober werden im Stundentakt Messen gelesen, und viele Gläubige erklimmen die 365 Felsstufen auf den Knien, um vielleicht eher von der Jungfrau erhört zu werden. Am Fuße der Treppe kann man Kerzen und Kultgegenstände kaufen – und gelegentlich sogar Samba auf Holperpflaster tanzen, eine Kapelle spielt im uralten Orchesterpavillon; Weltliches und Religiöses liegen in Penha eng beieinander.

Weiter unten ist ganzjährig ein Rummelplatz in Betrieb, von oben schaut man auf ärmliche, untouristische Teile Rios. Im

Am 15. August, Mariä Himmelfahrt, wird die Barockkirche Nossa Senhora de Glória do Outeiro jedes Jahr kunstvoll geschmückt.

«Casa dos Milagres» (Haus der Wunder) der Kirche sind viele *Wunder* dokumentiert, die die Senhora vollbrachte. Eine Direktbuslinie zu dem etwas entfernt liegenden Stadtteil beginnt am Praça Tiradentes.

JARDIM BOTÂNICO. Tee, Nelken, die Avocado-Frucht, Königspalmen – all dies gab es nur in anderen Kolonien des einstigen portugiesischen Imperiums und wurde seinerzeit auf Geheiß der Krone im botanischen Garten Rios gepflanzt und für die landesweite Kulitivierung gezüchtet. Auf dem 141 Hektar großen Areal wachsen heute an die 5000 Pflanzenarten, darunter Orchideen und Kakteen; zu besichtigen sind außerdem zwei botanische Museen. Ein Besuch lohnt sich auch deshalb, weil der Jardim zu den wenigen Ruhepunkten in der aufgeregt-chaotischen Stadt gehört.
In derselben Straße, der Rua Jardim Botanico, befindet sich ein viel kleinerer Park mit der Akademie für Bildende Kunst; dort werden bisweilen am Wochenende Freiluft-Konzerte mit klassischer Musik veranstaltet, Poeten rezitieren zwischendurch aus eigenen Werken.

JARDIM ZOOLÓGICO. Daß es berühmtere und größere Zoos auf der Welt gibt, steht außer Frage – doch in diesem bekommt man einen guten Überblick darüber, was in brasilianischen Gefilden kreucht und fleucht: Krokodile, Papageien, Tukanvögel, Gürteltiere, Ameisenbären.
Bekanntester unter den 2400 Zoobewohnern ist ohne Zweifel der Affe Tião – bei Gouverneurswahlen wurde er als Protestkandidat aufgestellt und ließ in der Tat einige Politiker etwas nervös werden. Geier und Reiher kommen von weither freiwillig in den Jardim, um oben in den Baumkronen zu brüten.
Der Zoo ist Teil des Volksparks Quinta da Boa Vista unweit des Fußballstadions Maracanã in der ärmlichen Nordzone, welcher außerdem das sehr sehenswerte Naturkundemuseum beherbergt. Zoo-Öffnungszeiten: Dienstag – Sonntag 9 – 16.30 Uhr.
Aus Gründen der persönlichen Sicherheit sollte man mit dem Taxi hin- und zurückfahren und die Gegend unbedingt vor Einbruch der Dämmerung wieder verlassen.

LARGO DO BOTICÁRIO. Der Apothekerplatz, nur wenige Schritte von der *Corcovado-Bahnstation* entfernt, ist ein verstecktes architektonisches Kleinod. Kaum ein Besucher ahnt jedoch, daß es sich bei den guterhaltenen Häusern im Stil der Kaiserzeit sozusagen um Fälschungen handelt. Als Mitte der vierziger Jahre vom Diktator Getúlio Vargas die nach ihm benannte Avenida im Centro angelegt wurde, fielen unzählige unersetzliche Kolonialbauten der Spitzhacke zum Opfer. Aus Trümmerteilen entstanden auf Initiative einer brasilianischen Frontberichterstatterin des Zweiten Weltkriegs die Häuser des Largo, auf dem zahlreiche Filme gedreht und rauschende Künstlerfeste gefeiert wurden.
Seit einigen Jahren ist der Largo do Boticario denkmalsgeschützt, vorbei fließt der

Einst kultureller Mittelpunkt der Stadt, heute Busbahnhof und Parkplatz – trotz allem aber ein Ort geselligen Straßenlebens: der Praça Tiradentes.

inzwischen leider arg verdreckte Rio Carioca. Man geht in der Rua Cosme Velho 822 durch eine Einfahrt und steht dann unvermittelt vor den Casaroẽs mit vielen interessanten Details, darunter bemalten portugiesischen und holländischen Wandkacheln.

MONUMENTO AOS MORTOS DA SEGUNDA GUERRA MUNDIAL ⑥. Jeweils am achten Mai donnern hier Böllerschüsse in Anwesenheit des Staatspräsidenten – gedacht wird damit aller, die gegen die Deutsche Wehrmacht kämpften, darunter ein 25 000 Mann starkes brasilianisches Expeditionskorps in Italien. 445 fielen, an sie vor allem erinnert das unübersehbare Denkmal am Yachthafen des Flamengoparks. Im Monument befindet sich ein interessantes Museum, das diesen Feldzug dokumentiert.

PAÇO IMPERIAL ⑦. Der 1743 eingeweihte spätbarocke Palast am Hafen weist Elemente italienischer Architektur auf und diente früher Gouverneuren und sogar dem portugiesischen König als Residenz. Die einst prächtige Innenausstattung ging aufgrund zahlreicher Umbauten leider verloren. Der Paço Imperial ist heute ein Kulturzentrum, wochentags um die Mittagszeit dringen oft klassische oder Bossa-Nova-Klänge aus dem Gemäuer, auch an diesem Ort pflegt man die sogenannten «Meio-Dia»-Konzerte, bei denen sich Börsianer und Banker gerne entspannen. Die Ausstellungen sind sehenswert. Praça Quinze de Novembro, Centro.

PÃO DE AÇÚCAR. Nur einmal während eines Rio-Aufenthalts den Zuckerhut zu erklimmen, wäre eine Sünde, denn der Ausblick auf Stadt und Strände, Meer und Buchten, Wälder und Felseninseln ist wirklich überwältigend und hinreißend schön. Nachts die Lichter der Stadt, am späten Nachmittag das Farbenspiel des Sonnenuntergangs, günstige Lichtverhältnisse zum Fotografieren auch frühmorgens. Auf das 396 Meter hohe, unangefochtene Wahrzeichen Rios, ein Granitmassiv, gelangt man per Seilbahngondel. Die erste führt auf einen kleineren, Morro da Urca genannten Felsen. Dort befindet sich ein recht gutes Aussichtsrestaurant, regelmäßig treten in einem Amphitheater Sambaschulen und sogar Rockbands auf; einer der aberwitzigsten und teuersten Karnevalsbälle geht hier über die Bühne. Scharen von Fotografen warten tagsüber auf Touristen – wer möchte, kann sich wenig später sein Konterfei, auf einen Teller geprägt, abholen.
Eine zweite Gondel führt dann auf den eigentlichen Zuckerhut, den Rios längst ausgerottete Ureinwohner, die Tamoyo-Indianer, einst «Paund-açuqua» nannten. Die Portugiesen machten daraus «Pão de Açúcar» – Zuckerbrot.
Vom Zuckerhut gewinnt man einen guten Überblick über die Stadt, denn fast alle interessanten Viertel liegen einem sozusagen zu Füßen. Bei klarer Sicht ist sogar die Liebesinsel Paquetá weit hinten in der Baía de Guanabara zu erkennen, auf jeden Fall aber die etwa 14 Kilometer lange Riesenbrücke in das wenig ergötzliche Niterói.

Vom nahen Stadtflughafen «Santos Dumont», benannt nach dem brasilianischen Flugzeugerfinder, starten fast ständig Maschinen in Richtung Zuckerhut und biegen Gott sei Dank immer rechtzeitig ab. Dreimotorige «Junkers 52» hatten 1932 den Flugverkehr mit der etwa doppelt so großen Industrie- und Bankenmetropole São Paulo aufgenommen. Zwischen 1930 und 1937 schwebten regelmäßig die Luftschiffe «Hindenburg» und «Graf Zeppelin» über der Bucht und landeten dann auf dem heutigen Luftwaffenstützpunkt Santa Cruz im Norden Rios. Der gewaltige Hangar, in dem die beiden Giganten pausierten, steht als einziger dieser Art in der Welt noch – wer damals die Zeppeline von nahem sehen oder sogar an langen Seilen zum Erdboden ziehen wollte, mußte Eintritt bezahlen.

Im Zweiten Weltkrieg wagten sich deutsche U-Boote bis in die Bucht direkt unterm Zuckerhut vor, unmittelbar am Eingang wurde ein britischer Frachter torpediert. Nach der Selbstversenkung des Kreuzers «Graf Spee» in der La-Plata-Mündung ließ es sich die Besatzung an der Copacabana wohlsein.

Alpinisten mögen den Zuckerhut ebenso wie den Corcovado, dessen Spitze ähnlich häufig von einer weißen Wolke verhüllt ist. Wer in solchem Falle dennoch hinauffährt, steht in einer Art Hamburger Schmuddelwetter und findet die Traumaussicht nur auf den Postkarten der Kioske. *29, 36/37, 41, 44/45*

PRAÇA TIRADENTES ⑧. Kein anderer Platz zeigt so deutlich, wie Rio wirklich ist, geprägt vom Verfall, von Dekadenz und dennoch voller Leben, Turbulenz, Komik und Energie.

Hier schlug einst das kulturelle Herz der Stadt, es gab Theater, Cabarets, Kaffeehäuser und Debattierklubs zuhauf, selbst der Hof verlustierte sich hier. Wenig ist davon übrig geblieben, am auffälligsten das Reiterstandbild von Brasiliens Kaiser Pedro I. Indianische Allegorien zu seinen Füßen symbolisieren die wichtigsten Flüsse des Landes – Amazonas, Madeira, São Francisco und Paraná – typische Pflanzen und Tiere fehlen nicht. Der Imperador in Generalsuniform hält die Unabhängigkeitsurkunde von 1822 hoch.

Benannt ist der Platz jedoch nach «Tiradentes» (Zahnzieher), Brasiliens Freiheitshelden, der 1792 von der portugiesischen Kolonialmacht zum Tode verurteilt und in der Nähe des Praça öffentlich gehenkt wurde. Zwei Theater sind noch vorhanden, in denen neben Stücken und Humoristenshows auch die beliebten «Seis-e-Meia-Konzerte» auf dem Programm stehen – «Música Popular Brasileira» um halb sieben, gleich nach Büroschluß. Viel später am Abend tönt diese aus der traditionsreichen Tanzdiele «Estudantina». Wes Geistes Kind die Stadtverwalter sind, läßt sich am jetzigen Zustand des Platzes ablesen, denn natürlich war der Praça Tiradentes nicht schon immer Busbahnhof und Parkplatz, mit als störend empfundenen Fußgängern.

Das Schlößchen des Barons von Seco gegenüber der Polizeikaserne war einst Schauplatz eleganter, rauschender Ballnächte – heute richtet die so offensichtlich unfähige städtische Verkehrsbehörde das Schmuckstück zugrunde.

REAL GABINETE PORTUGUÊS DE LEITURA ⑨. Am Praça Tiradentes darf man einen Blick in eine wahre Relique, den allermeisten Cariocas völlig unbekannt, keineswegs versäumen. Was von außen eher wie eine Kirche wirkt, ist Brasiliens kostbarste, älteste Bibliothek, 1887 von Princesa Isabel eingeweiht. Fast sämtliche Bausteine und Verzierungen wurden in Portugal vorgefertigt – im manuelinischen Stil, benannt nach dem lusitanischen König Manoel, der in der Epoche der großen Entdeckungen und des Aufstiegs zum Kolonialreich herrschte. Die Statuen am Portal der Bibliothek, ebenfalls in Segelschiffen herübergekommen, zeigen deshalb auch keine Heiligen, sondern die berühmten Seefahrer Vasco da Gama und Pedro Alvares Cabral, ferner das Königskind Henrique und Portugals Klassiker Luís de Camoēs.

In dem 26 Meter hohen Bau sind an die 350 000 Bücher in riesigen Holzregalen fast bis zur Decke aufgeschichtet, seltenste Originalmanuskripte werden in den nicht jedermann zugänglichen, künstlerisch ausgestalteten Seitenkabinetten verwahrt. In Rio wohnende Portugiesen schauen vor allem wegen der Lissabonner Zeitungen herein, die nur einen Tag nach Erscheinen bereits ausgelegt sind. Aus alter Tradition schicken Portugals Verlage jedes neue Buch ans Real Gabinete. Rua Luís de Camoēs.

TEATRO MUNICIPAL (OPER) ⑩. Brasiliens schönstes Opernhaus mit über 1200 Plätzen wurde jenem an der Seine nachempfunden; zum Zeitpunkt der Grundsteinlegung im Jahre 1905 war es allerorten im Lande schick, zentraleuropäisches Kulturgut jeglicher Art, darunter auch Architektur, zu kopieren. Mit nicht weniger als zwei Prozent des damaligen Bruttosozialproduktes entstand eine Preziose, die verschiedenste Stilelemente, darunter Barock, Klassizismus, Renaissance, Impressionismus und Art nouveau, in sich vereinigt.

Marmor kam aus Belgien und Italien, die Drehbühne aus England, die wundervollen bunten Glasfenster mit Kunstmotiven steuerte Deutschland bei – an der Außenfassade steht unübersehbar «Goethe» geschrieben. Hervorhebenswert sind jedoch vor allem die sinnlichen Decken- und Wandmalereien der damals berühmtesten Maler Eliseu Visconti und Rodolfo Amoedo sowie die Plastiken von Henrique Bernardelli.

Während des über 90jährigen Bestehens der Oper regnete es des öfteren Eier und Tomaten auf die Bühne, wurde ein Geiger mitten im Konzert erschossen und teilten zwei Startänzer auf offener Szene dem Publikum ihre Kündigung mit – wegen permanent ausbleibender Lohnzahlungen durch die Direktion.

Das elegante Pausenfoyer im assyrischen Stil war früher einmal Kabarett, heute kann man dort unter der Woche hervorragend zu Mittag essen. Vor und hinter die Kulissen des Theaters führt jeweils am Wochenende Rios Kunstexperte Carlos Roquette; mit ausländischen Gruppen können auch Sondertermine vereinbart werden.

REIZVOLLE STADTTEILE

CINELÂNDIA ⑪. Die Kinos gaben ihm den Namen, aber das Geviert zwischen *Opernhaus, Nationalbibliothek* und *Stadtparlament*, hinzugerechnet einige Seitengassen, hat weit mehr zu bieten. Nirgendwo in Rio grenzen so viele Restaurants und Stehbars aneinander, sind Theater, Schwoofdielen und Musikbühnen für Stars der «Música Popular Brasileira» von einst und heute so dicht gesät wie in Cinelândia. Nach Meinung der Schauspielerin Angela Leal erlebt und entdeckt man nur hier die Stadt wie sie wirklich ist, kein Ort sei mehr «carioca». In dem von ihr geleiteten Kellertheater «Rival» treten allnächtlich in zwei Shows noch unbekannte, po-

Eine Miniatur-Ausgabe der Pariser Oper: das 1905 erbaute Teatro Municipal im «Centro» von Rio.

puläre oder aber zu Unrecht in Vergessenheit geratene Größen der Unterhaltungskunst auf. Viele begannen hier ihre Karriere oder feierten mit siebzig, achtzig Jahren ihr (Platten-)Comeback.
Cinelândia war lange Zeit bevorzugter Treffpunkt der Künstler, Intellektuellen und Politiker, heute gilt dies nur noch bedingt. Doch nach wie vor enden alle politischen Demonstrationen vor den Stufen des Teatro Municipal und erlebt der Straßenkarneval hier seinen Höhepunkt. Sämtliche nationalen – und auch lokalen – Schicksalsfragen werden teils bis weit nach Mitternacht in Hydepark-Manier debattiert; natürlich fehlen auch Gaukler, Scharlatane, Prostituierte und Bettler nicht.

FEIRA DO NORDESTE. In Rio wohnen Hunderttausende von armen Zuwanderern aus dem stark unterentwickelten Nordosten. Der Markt auf dem *Campo de São Cristóvão* ist ihr Treffpunkt, dort wird von Samstagnacht bis Sonntagmittag eingekauft, vor allem aber deftig gefeiert. Samba ist hier out, man tanzt nach den Nordostrhythmen Forró, Frevo, Xote, Xaxado oder Lambada. In Dutzenden von provisorischen Zeltrestaurants pflegen sogenannte «Repentistas» die Kunst des Stegreif-Wechselgesangs und machen sich mit frechen und witzigen Reimen natürlich auch gerne über jeden der dort selten aufkreuzenden Gringos lustig. Wer Portugiesisch versteht, sollte sich dies anfangs nicht anmerken lassen und scheinbar unbeteiligt zuhören, was die zwei Musikusse Besonderes und Aufspießenswertes an einem finden.
Auf der «Feira do Nordeste» werden ganze Schweine zerteilt – der Geruch von Trokkenfisch und -fleisch ist auch für manchen Carioca schwer erträglich –, doch es gibt daneben noch Nordosttypisches zu kaufen: Hängematten, Lederwaren und anderes Handgemachtes, dazu Originalschallplatten von Stars, die im Süden keiner kennt, sowie in Heimarbeit hergestellte Musikkassetten mit «Forró malicioso», frivol-maliziös in der Tat. Der Kulturjahrmarkt zeigt unbestritten ein gutes Stück authentischen Brasiliens.

ILHA FISCAL. Einst hieß sie Ratteninsel – wegen der enormen Nager, die von den Schiffen im nahen Hafen beim Löschen absprangen und sich dort bevorzugt sammelten. Kaiser Pedro II. ließ auf ihr jenes gotische Schlößchen bauen, das heute wirkt wie aus tausendundeiner Nacht. 1889 feierten Kaiser und Hofstaat dort den aufwendigsten, prächtigsten Ball in der Geschichte Rios; französischer Champagner floß in Strömen, allein die kostbaren extravaganten Roben der Damen wurden von der damaligen Klatschpresse eine ganze Woche lang ausführlich gewürdigt. Der Ball war gleichzeitig der letzte des Kaiserreichs, denn sechs Tage später, am 15. November, wurde die Republik ausgerufen. Kaiser und Anhang fuhren mit den Schiffen in Richtung Exil ein letztes Mal am Lustschlößchen vorbei.
Heute residiert dort die Hafenbehörde. Schwer begreiflich, daß das Castelo und die darin befindlichen Kunstwerke nicht besichtigt werden können.

PAQUETÁ. Die Insel in der *Baía de Guanabara* gehört zwar zu Rio, hat jedoch mit der lauten, chaotischen Metropole nichts zu tun, sondern erinnert eher an ein Dorf im Hinterland. Es gibt keine Privatautos oder Motorräder, man ist mit hübschen Pferdekutschen, (Miet-)Fahrrädern oder zu Fuß unterwegs. Die langgestreckte Oase der Ruhe und Abgeschiedenheit ist nur einen Quadratkilometer groß. Es gibt einige Hotels und einfache Kneipen mit teils sehr gutem Meeresfrüchte-Angebot. Auf der Insel befindet sich auch ein lauschiger Park, dessen Beschaffenheit den Ruf Paquetás als Verliebtentreff erklärt. Nichts schöner, als nachts auf dunklen Strandwegen spazierenzugehen und auf dem kleinen Felsen «Pedra da Moreninha» im Mondlicht zu sitzen.
Um die ursprünglich von Tamoyo-Indianern bewohnte Insel kreisen Legenden, auch Brasiliens klassische Liebesromanze «A Moreninha» ist hier angesiedelt. Paquetá wird an den Wochenenden vor allem

Direkt unterhalb des Zuckerhuts liegt der heute noch recht ursprüngliche Stadtteil Urca.

im Hochsommer zum Paradies der einfachen bis armen Vorstadtbewohner, richtig voll ist es aber gottlob nie. Ein Bad in den Fluten kann leider nicht mehr rückhaltlos empfohlen werden, die Wasserqualität der gesamten Bucht wurde in den letzten Jahren zusehends schlechter.

Mit einem Tragflügelboot kommt man vom Praça 15 de Novembro (kurz Praça Quinze genannt) aus in etwa 15 Minuten zur Insel, die großen Fähren brauchen etwa eine Stunde.

SANTA TEREZA. In den malerischen Bergstadtteil sollte man am besten mit einer der alten Straßenbahnen hinauffahren, die das Aqueduto da Carioca überqueren. Im vergangenen Jahrhundert siedelten sich dort oben, umweht von frischer Meeresbrise, vor allem wohlhabende Familien und Diplomaten an, denn unten, im nicht gerade sauberen Rio, rafften Cholera- und Gelbfieberepidemien immer wieder Tausende hinweg. Heute ist Santa Tereza sozial durchmischt wie kein anderer Stadtteil – Schwerreiche und Bitterarme fühlten sich ebenso wohl wie Alternative, Grüne, Sektenanhänger, Künstler jeder Couleur und selbst Prominente wie der britische Posträuber Ronald Biggs, welcher einem in der Avenida Almirante Alexandrino durchaus über den Weg laufen kann.

In der Nummer 1301 steht eines jener rund zwanzig Schlößchen und Burgen, die an Neuschwanstein oder Kastells in Südeuropa erinnern. Mit diesen fotogenen Bilderbuchbauten haben sich vermögende Einwanderer einst Kinderträume erfüllt. Doch viele architektonische Spielereien dieser Art sind leider gut hinter tropischer Vegetation versteckt und ohne gute Beziehungen kommt man nicht einmal in die Nähe.

Seit sich Rios Polizei immer weniger um Kriminelle kümmert, wurde das Wohnen in Santa Tereza zunehmend gefährlicher; wer durch das Labyrinth der Gassen und Treppchen streift, sollte besonders aufpassen.

Das Viertel hat sich noch seinen dörflichen Charakter wie vor hundert Jahren bewahrt, der typisch portugiesische Kramladen aus der Gründerzeit ist noch nicht ausgestorben. Entlang der beiden Straßenbahnlinien liegen viele kleine, hübsche Restaurants – am Largo das Neves, Endstation des «Bonde» mit der Aufschrift «Paulo Mattes», empfiehlt sich eine Rast besonders. Zu den interessantesten Punkten zählt ferner das Kunstmuseum «Chácara do Ceú» in der Rua Murtinho Nobre; von dort bietet sich eine bestechende Aussicht auf Bucht und Zentrum Rios. An nächtliche Bummel durch Santa Tereza ist leider nicht mehr zu denken – nach dem Dunkelwerden sollte man nur per Taxi zu festen Restaurant- oder Hoteladressen fahren.

URCA. Der recht familiäre Stadtteil mit vielen archtektonisch interessanten Häusern liegt unterhalb des *Pão de Açúcar*. Hier befand sich die erste portugiesische Ansiedlung von 1565. Noch in den dreißiger Jahren war Rio nicht wegen der Copacabana, sondern wegen Urca berühmt – im Theater des Spielcasinos, heute ein häßliches TV-Studio, traten weltbekannte Sänger aus Europa und den USA für Spitzengagen auf. Brasiliens «König der Gefühle» mit dem höchsten Plattenabsatz, der Sänger Roberto Carlos, wohnt wie viele andere Künstler in Urca, wohl auch deshalb, weil der nur einen Quadratkilometer große Stadtteil der am wenigsten kriminalitätsgeplagte der Stadt ist.

MUSEEN

INDIANERMUSEUM. Als in Botafogo noch Wildnis war, jagten, fischten und pflanzten dort die Tamoyo-Indianer; heute erinnert in dem zubetonierten Stadtteil nur noch das *Museu do Índio* an ihre Existenz. Die Tamoyos wurden ausgerottet, weil sie sich nicht zum Christentum bekehren lassen wollten. Von den Ureinwohnern Brasiliens, zum Zeitpunkt der Entdeckung immerhin an die fünf Millionen, gibt es derzeit nur noch etwa 220 000, zumeist verstreut in den Weiten der Amazonasregion und immer noch von der Ausrottung bedroht.

Das Museum, ein alter Casarão und ein kleines Freigelände, macht ihre Lebensweise und Stammeskultur anschaulich und wirkt zudem auch ein wenig als Interessenvertretung der Yanomami, Xavante, Guaraní, Krenakorare, Txucarramae oder Xingu. Ausgestellt sind an die 12 000

Rio de Janeiro um 1925: Blick auf den Stadtteil Botafogo, der der zwischen Morro da Viúva und Zuckerhut gelegenen Bucht ihren Namen gab.

Stücke, darunter Masken, Keramik, Waffen und Federschmuck. Ethnologen steht außerdem eine Spezialbücherei und ein Film- und Fotoarchiv zur Verfügung. Indiokunst kann käuflich erworben werden.
Rua das Palmeiras 55, Öffnungszeiten: Dienstag – Freitag 10 – 18 Uhr, Samstag/Sonntag 13 – 17 Uhr.

MARINEMUSEUM. Seit der «Entdekkung» Brasiliens und bis zum Ende des Zweiten Weltkrieges war die über 7400 Kilometer lange Küste immer wieder Schauplatz dramatischer Seeschlachten. Rio wurde mehrfach von Piraten attackiert, im Nordosten landeten französische und holländische Expeditionskorps, deutsche U-Boote wagten sich bis in die Guanabarabucht vor. Über all dies und mehr informiert das der Kriegsmarine unterstellte Museum; zu sehen sind Schlachtengemälde, Schiffsmodelle und Trophäen, Waffen und Seekarten. Zur Sammlung gehört eigentlich auch ein Torpedokreuzer, der am Zweiten Weltkrieg teilnahm – zur Besichtigung liegt er jedoch hinter dem Museum für Moderne Kunst am Glória-Yachthafen fest.
Rua Dom Manoel 15, Öffnungszeiten: täglich 12 – 16.45 Uhr.

MUSEU CHÁCARA DO CEÚ. Zum Aufhängen der Bilder wurde selbst ein altes Badezimmer genutzt, denn die ehemalige Residenz des Industriellen und Kunstmäzens Castro Maya ist leider nicht sehr geräumig, aber dennoch unbedingt sehenswert. Brasiliens einziger Dalí – «Die zwei Balkone» – gehört neben Gemälden von Matisse, Lusard, Portinari und Visconti zur Sammlung. Der angeschlossene kleine Park ist ein guter Ruheplatz in der Mittagshitze; bereits die Sicht über die Stadt lohnt den Aufstieg nach Santa Teresa.
Rua Murtinho Nobre 93, Öffnungszeiten: Dienstag – Sonntag 14 – 17 Uhr.

MUSEU HISTÓRICO NACIONAL. Ursprünglich war es ein Fort, stand direkt am Wasser und hatte noch keine häßliche Hochstraße vor der Nase; in die Verliese wurden Sklaven und aufmüpfige Soldaten gesperrt. Das heutige Museum enthält vor allem alte Kutschen, Kanonenrohre, Waffen und Gemälde, Porzellan und Kristall. Außerdem gibt es regelmäßig Ausstellungen, die vor allem den Zeitraum zwischen der Entdeckung und dem Sturz der Monarchie beleuchten.
Travessa Santa Luzia, Öffnungszeiten: Dienstag – Freitag 10 – 17.30 Uhr, Samstag/Sonntag 14.30 – 17.30 Uhr.

MUSEU NACIONAL. So voll ist mit weitem Abstand – vor allem an den Wochenenden – kein anderes Museum Rios, weil es so außerordentlich günstig mitten im beliebten Volkspark Quinta da Boa Vista und nur steinwurfweit von den Zooaffen entfernt liegt. Und keine andere brasilianische Sammlung zeigt so nahezu lückenlos des Landes Flora und Fauna, präpariert bzw. ausgestopft. Ägyptische Mumien, ein riesiges Walskelett und Bendego, mit 5360 Kilogramm schwerster jemals auf der südlichen Halbkugel gefun-

dene Meteorit, sind zu bestaunen. Brasiliens älteste wissenschaftliche Institution diente bis 1889 als neoklassizistische Residenz der kaiserlichen Familie. Erst danach wurde der Park der Öffentlichkeit zugänglich gemacht, 1892 schließlich auch das Museum.
Quinta da Boa Vista, Öffnungszeiten: Dienstag – Sonntag 10 – 16.45 Uhr.

MUSEU DA REPÚBLICA. Der «Palácio do Catete», so ein anderer Name dieses Museums, wurde ab 1885 im Viertel der Hocharistokratie erbaut, woran heute so gut wie nichts mehr erinnert. Zuerst residierte im Palácio ein Baron, von 1896 an der jeweilige Staatspräsident. Der Diktator Getúlio Vargas schoß sich hier 1954 eine Kugel in den Kopf.
Das neoklassizistische Gebäude wird zu den prachtvollsten Palästen Lateinamerikas gerechnet; der deutsche Architekt Gustav Wähneldt hat es entworfen und miterbaut. Türschlösser und Beschläge kamen aus dem Harzstädtchen Ilsenburg, der Ingenieur Otto Henkel baute den eisernen Treppenaufgang. Seit 1960 die Regierung in die unbrasilianische, langweilige Retortenstadt Brasília umzog, ist der Palácio Museum und wird auch für Ausstellungen und Konzerte genutzt. Sehenswert sind vor allem die Deckengemälde. Bisweilen wird unter den Palmen des angeschlossenen Parks auch musiziert.
Rua do Catete 153, Öffnungszeiten: Dienstag – Sonntag 12 – 17 Uhr.

NATIONALMUSEUM DER SCHÖNEN KÜNSTE. Gegenüber dem Opernhaus steht Lateinamerikas wichtigste Bildergalerie mit Werken holländischer, französischer, spanischer und auch deutscher Maler. Beachtlich sind auch die Brasilianer Debret, Taunay, Visconti, Portinari, Di Cavalcanti und Araujo Porto Alegre. Ihr Malstil geht nicht zuletzt auf jene französische Künstlermission zurück, die auf Einladung der Krone 1816 nach Rio kam und – nach dem Beispiel Mexikos – den Grundstein für eine systematische Bildhauer-, Architekten- und Malerausbildung legte. Zuvor wurde derartiges eher isoliert von religiösen Orden geleistet. Zur Mission gehörte übrigens auch Joaquim Lebreton, Mitschöpfer des Louvre, von welchem sich der aus Sevilla stammende Architekt Morales de los Rios inspirieren ließ.

Karneval in Rio: Parade der Sambaschulen.

In dem 1908 fertiggestellten neoklassizistischen Gebäude sind an die 15000 Gemälde, Zeichnungen und Stiche verwahrt, leider werden stets nur 900 davon gezeigt.
In Jahren weniger dürftiger Kulturetats holt das Museum Leihgaben europäischer und nordamerikanischer Pinakotheken für Wechselausstellungen. Maximal tausend Besucher kommen täglich in die einstige Kunstakademie, doch eigentlich müßten es fünftausend sein. Der Direktor klagt, daß die Schulen im Unterschied zu vielen anderen Ländern Museen und das gesamte kulturelle Erbe links liegen lassen; vielen jungen Cariocas sei das Kunstmuseum unbekannt.
Avenida Rio Branco 199, Öffnungszeiten: Dienstag – Freitag 10 – 17.30 Uhr, Samstag – Sonntag 15 – 18 Uhr.

FESTE UND VERANSTALTUNGEN

Ein Großteil der Cariocas kommt das ganze Jahr über nicht aus dem Feierrhythmus, hat jede Woche, jeden Monat seine «festen Tage» für die Sambaschule, fürs Ballhaus, für den Treff mit Freunden, Familien an irgendeiner Straßenbar, wo geplauscht, Bier und Caipirinha getrunken, getrommelt und getanzt wird.
Möglichkeiten, sich auszutoben, dem Spieltrieb freien Lauf zu lassen, gibt es das ganze Jahr über reichlich, für jede Altersgruppe – insofern hat der Karneval keineswegs jene überragende Ventilfunktion, die ihm bisweilen von Soziologen vor allem aus der Ersten Welt, zugesprochen wird. Von Parteien, vor allem der «Partido Trabalhador» (PT), aber auch von der Präfektur werden zu verschiedensten Anlässen Freiluftshows mit Künstlern der «Música Popular Brasileira» sowie Tanzvergnügen veranstaltet.
Hinzu kommt der «starre» Festkalender: Zu Ehren von Rios Schutzheiligem Sao Sebastião gibt es am 20. Januar Messen, Freilichttheater und Feste. Ähnliches ereignet sich zum Gründungstag Rios am 1. März. Jeweils im April ist das Teatro Municipal Schauplatz des «Carlton Dance Festival», wo nationale und ausländische Ballettkompagnien auftreten. Im Mai folgt eine weitere Ballettwoche mit ähnlichem Programm, jedoch weniger elitär. Im Juni steigen viele Cariocas in Trachten ihrer Altvorderen aus Europa, springen nachts über Feuer, trinken eine Art Glühwein und tanzen Quadrille – es ist die hohe Zeit der «Festas Juninas» mit São João als

Schutzheiligem. Jeder Hotelportier weiß, in welchem «Arraial» es hoch hergeht, auch die Zeitungen annoncieren Ort und Stunde. Umworben sind drei Heilige: Antonius von jenen Frauen, die einen Mann suchen oder denen etwas Materielles abhandenkam, Johannes als Beschützer der Schwangeren, Petrus als der für Witwen und Fischer zuständige. Die Pescadores geben letzterem zu Ehren am 29. Juni in der Baía de Guanabara eine Schiffsprozession. Im August tut sich allerlei um die auf einer Anhöhe stehende Igreja da Nossa Senhora da Glória do Outeiro, darunter ein Straßenfest und eine Prozession; zu den Höhepunkten des Monats zählen ferner ein internationales Free-Jazz-Festival mit großen Namen nicht nur aus der Jazzszene sowie ein Filmwettbewerb. Der September mobilisiert Rios Bücherwürmer, sie ziehen in Scharen zur Nationalen Buchmesse, wo man nicht nur stöbern und lesen, sondern auch gleich kaufen und mitnehmen kann. Die Wallfahrtskirche des Stadtteils Penha ist den ganzen Oktober über ein Magnet, vor allem an den Wochenenden. Viele passieren die 365 Felsstufen zur Igreja auf den Knien, im Park darunter tobt das weltliche Leben – «Música Popular Brasileira», Disco, Schwoof, Budenzauber bis tief in die Nacht. Im November, wenn die steigende Hitze den nahen Sommer ankündigt, werden auf dem «Fest Rio» TV- und Kinofilme aus aller Welt vorgestellt; im Dezember begeben sich die Theater in die Sommerpause. Am 8. Dezember feiert man an den Stränden die Meeresgöttin Iemanja. Kein Vergleich jedoch zur Silvesternacht – dann huldigt man ihr weißgekleidet am Copacabanastrand, steckt Blumen und Kerzen in den Sand, gießt Sekt in die Wellen. Den Anhängern des Macumbakults afrikanischen Ursprungs bleibt kaum Platz für ihre Riten. Um Mitternacht – ein unvergleichliches Feuerwerk von Leme bis Ipanema.

KARNEVAL

Jedes Jahr dasselbe: Aschermittwoch steht in den deutschen Zeitungen, daß am Zuckerhut während der tollen Tage wieder Soundsoviele gewaltsam ins Jenseits befördert worden sind – und meist keine einzige Zeile über das wirklich Interessante, Wesentliche des berauschendsten Festes auf dem Erdball. Man fragt sich, ob da nicht nur bestimmte Neidkomplexe in

Musik und Tanz beim Karnevalsumzug.

den Redaktionsstuben zu Tage treten, ob sich so manche Korrespondenten nicht nur ihre Wut darüber von der Seele schreiben, selbst zu cool, kopfgesteuert, europäisch-selbstkontrolliert und damit unfähig zu sein, sich auf den herrlichen Wahnsinn des «Carnaval» einzulassen. Denn wer mitdefiliert bei einer der über 50 Sambaschulen Rio de Janeiros, wer Rausch und Ekstase, Euphorie und Trancezustände erlebte, ist hinterher ein anderer Mensch, sieht – und genießt – die Welt anders, wird möglicherweise danach von seinen Nächsten in der Heimat nicht mehr recht verstanden. Die Sambaschulen haben überhaupt nichts dagegen, wenn ein Ausländer mitmachen will – notfalls kann er in Raten ein Kostüm erwerben, das in irgendeiner Weise mit dem Motto des Karnevalssambas zu tun hat.

Im Viertel Estácio de Sá an der monumentalen Paradestraße namens «Sambodromo» wurde vor über 60 Jahren die allererste «Escola de Samba» gegründet, deren Hauskomponisten und -texter sogar auf den deutschen Baron von Langsdorff zurückgriffen, welcher einst im Auftrage des russischen Zaren als Generalkonsul nach Brasilien gekommen war. Auf einer wissenschaftlichen Expedition befielen ihn Gelbfieber und Malaria und nach Delirien und wilden Phantasien verlor er schließlich den Verstand. Aus den über 2000 Tagebuchseiten, Zeichnungen und Fundstücken Langsdorffs ziehen Wissenschaftler beider Länder übrigens heute noch ihren Nutzen.

Jede «Escola» wählt alljährlich ein anderes Motto – es geht stets um Brasilianisches, um Politik, Historie, große Künstler von heute und damals und neuerdings sogar um Ökologie. Selbstkritik in Sambareimen fehlt nicht – sie wendet sich polemisch-ironisch gegen die Kommerzialisierung des weltgrößten Spektakels, gegen den Kauf und Verkauf der besten Sambatänzer und Komponisten – ähnlich wie beim Fußball – und den Einsatz von Lautsprecherbatterien, die die Stimme einiger Vorsänger bis zur Schmerzgrenze verstärken und den phantastischen Massenchor der mehreren tausend «Carnavalescos», «Passistas», «Sambistas», «Ritmistas» davor und dahinter ersticken.

Wer der Parade im Sambodrom zuschaut, weiß hinterher, wer im brasilianischen Show- und Fotomodellgeschäft Rang und Namen hat und vom Vorzeigen nackter Tatsachen weit mehr versteht als vom Sambatanzen.

Doch viel interessanter sind die Komponenten jeder «Escola de Samba», die sich vor dem großen Auftritt entlang der Avenida Presidente Vargas formieren. Nach dem Startzeichen gehen als erste die prachtvoll kostümierten Darsteller der «Abre Alas» auf die 1700 Meter lange Piste, gefolgt von der «Comissão da Frente». Früher war es der Vorstand der «Escola», heute können es in Ehren ergraute Gentlemen in schicken Anzügen und sogar purzelbaumschlagende Akrobaten sein; die strengen Regeln – und Sitten – lockern sich von Jahr zu Jahr mehr. Der «Comissão» folgen unübersehbar «Porta Bandeira» und «Mestre Sala», Fahnenträgerin und Tanzmeister – niemand beherrscht gewagtere, kompliziertere Schrittkombinationen. Dies war der Vorspann, nun kommen «Alas», Formationen, und Allegorienwagen, die teils in epischer Breite das erwählte Sambamotto umsetzen – und natürlich die unersetzliche «Bateria», Rhythmusgruppe mit an die hundert Perkussionisten. Fast ist man geneigt zu sagen, es gibt nichts, was es nicht gibt: -zig übereinandergetürmte Löwenkäfige, auf jedem eine fast nackte Frau, riesige feuerspeiende Drachen, Königsthrone, Slumhügel mit Baracken, überdimensionale Köpfe, Ratten, Aasgeier, Bettler, Prostituierte, Luxus und Müll. Hoch oben, bisweilen zehn Meter und mehr, tanzen auf kleinen Plattformen «Destaques» in Superkostümen; man schaut Nixen zu, die in Brunnen baden, und wunderhübschen Frauen unter der Dusche – Generator und Pumpe, von kräftigen Männern geschoben, sorgen für fließend Wasser.

Auf der Piste ereignet sich stets ungeplant, spontan Überraschendes, Schockierendes – nach fulminantem Defilee seiner «Escola» warf sich gar einer der Könige von Rios Unterwelt vor der begeisterten Menge auf den Boden, Karneval und Stadtmafiosi sind inzwischen auf seltsamste, fragwürdigste Weise miteinander verknüpft.

Keine Parade gleicht der des Vorjahres – nicht zuletzt deshalb, weil es ja ein Wettbewerb ist, bei dem jede Sambaschule nach den Kriterien Harmonie, Entfaltung, Originalität, Haltung und Kostümauswahl von einer stets höchst umstrittenen Jury beurteilt wird. Wer sich in der Gruppe 1A, sozusagen der Liga der Allerbesten, halten kann, hat allerlei finanzielle und Marketingvorteile: Die für den nächsten Karneval vorgesehene Komposition kommt auf die alljährlich vor dem Großereignis veröffentlichte Platte mit den 20 «Samba-Enredos» der 1-A-Ligisten. Doch selbst auf CD läßt sich nicht pressen, wozu «Puxadores», die Vorsänger, und ihre «Bateria» fähig sind.

Bereits ab Oktober kann man sich in die Karnevalsproben der «Escolas» mischen, die gewöhnlich samstags um Mitternacht beginnen und sehr rasch in eine wildes Tanzfest ausarten. Zu proben haben wahre Karnevalisten im Grunde nichts, von Generation zu Generation wird alles Notwendige sozusagen automatisch weitergegeben, quasi mit der Muttermilch – zu lernen sind nur alljährlich Text und Melodie des neuesten «Samba-Enredo». Die Lehrmethode der Sambaprofessoren ist denkbar simpel: Nahezu ohne Pause schmettern «Puxadores» und «Bateria» das Liedchen in die Menge, bis es nach der hundertsten Wiederholung auch der letzte intus hat – ein Großteil der Mitglieder und Anhänger umkreist sambatanzend Fahnenträgerin und Mestre Sala (Tanzmeister); wegen des unglaublichen Krachs in der «Quadra», dem Gebäude der «Escola», geben Dirigenten und Organisatoren ihre Weisungen mit der Trillerpfeife. Was sich bereits Monate vor dem Fest der Feste in den Sambaschulen abspielt, gehört mit zum Aufregendsten des Nachtlebens von Rio; in der Rubrik Samba und Carnaval sind in den Tageszeitungen Orte und Zeiten annonciert. Einen Vorgeschmack und brandheiße Informationen zum Samba-Geschehen liefert der UKW-Sender «Radio Tropical» vom Praça Tiradentes, 104,5 Mhz, der zudem uralte und allerneueste «Samba-Enredos» präsentiert, ferner «Radio Roquete Pinto», 94,1 Mhz.

Die Parade im Sambodrom ist ein sinnliches Blendfeuerwerk ohnegleichen, doch gibt es auch gute Gründe, ihr fernzubleiben. Denn zur selben Stunde tobt der Straßenkarneval und geht es auf den Bällen hoch her. Die Avenida Rio Branco und Cinelândia sind die Brennpunkte der Freiluftaktivitäten; einer der volkstümlichsten «Bailes», ohne Schickeria und Reiche, findet traditionell im «Club Cordão da Bola Preta» gegenüber dem Opernhaus statt. Die famosen, teureren spielen sich in Showpalästen der touristischen, ziemlich unbrasilianischen Südzone, etwa in der «Scala» ab; einer der berühmtesten Bälle explodiert auf dem Morro da Urca, direkt unterm Zuckerhut.

Kaum zu glauben, aber wahr: Nichts leichter, als sich während der fünf tollen Tage dem Karnevalstrubel zu entziehen – denn entgegen hartnäckigen Klischeevorstellungen erfaßt er keineswegs die gesamte Stadt, sondern nur einige Viertel und ihre Bewohner. Karnevalsmuffel müssen Rio in dieser Zeit also nicht unbedingt meiden, das Strand- und Promenadenleben ist tropisch-normal. Oder andersherum argumentiert: Ekstatische Karnevalsnächte können mit sehr geruhsamen, unhektisch-streßfreien Strandtagen gekoppelt werden. *21, 22, 23, 24/25*

AUSFLÜGE

BÚZIOS. Von der «Rodoviária Novo Rio» fahren mehrmals täglich Omnibusse zu dem recht mondänen Badeort Buzios, der etwa 190 Kilometer von Rio entfernt ist. Seine Bekanntheit verdankt Búzios Brigitte Bardot, die 1964 das damals noch ruhige Fischerdorf entdeckte.

ILHA GRANDE. Die größte Strandinsel der Region erreicht man mit Fähren von Angra dos Reis und Mangaritiba aus. Wer auf der landschaftlich reizvollen, dabei aber nie überlaufenen Insel übernachten möchte, findet leicht Quartier in einem der kleinen Hotels.

PARATI. Ein Kolonialstädtchen, wie es im Buche steht – fast ein muß für Rio-Besucher, auch wenn es vier bis fünf Busstunden von der Stadt entfernt ist. Außerhalb der Saison findet man in den zahlreichen Herbergen und Hotels leicht ein Bett. Nachts bietet sich das Städtchen für romantische Spaziergänge an, während tagsüber Segeltouren durch die Inselwelt direkt vor dem UNESCO-geschützten Ort, auf dem Programm stehen könnten.

TEXTNACHWEIS

Anne-France Dautheville: Wohin der Wind mich trieb. Eine Frau erobert mit Mut, Charme und Motorrad den südamerikanischen Kontinent. Bern/München/Wien: Scherz Verlag 1982.

Gustav Faber: Brasilien. Weltmacht von morgen. Tübingen: Horst Erdmann Verlag 1970.

Richard Katz: Begegnungen in Rio. Erlenbach-Zürich: Eugen Rentsch Verlag 1945.

Jean de Léry: Unter Menschenfressern am Amazonas. Brasilianisches Tagebuch 1556 – 1558. Aus dem Französischen von Ernst Bluth. © by Edition Erdmann in K. Thienemanns Verlag, Stuttgart.

Stefan Zweig: Begegnungen mit Menschen Büchern Städten. Wien/Leipzig/Zürich: Herbert Reichner Verlag 1937.

Wir danken allen Rechteinhabern und Verlagen für die freundliche Erlaubnis zum Nachdruck. Trotz intensiver Bemühungen war es aber nicht möglich, alle Rechteinhaber zu ermitteln. Wir bitten diese, sich an den Verlag zu wenden.

BILDNACHWEIS

© für die Karte auf Seite 48: Kartographie Huber, München.

Archiv für Kunst und Geschichte, Berlin: S. 61.

Bildarchiv Preußischer Kulturbesitz, Berlin: S. 52.

Ullstein Bilderdienst, Berlin: S. 63.

BUCHER'S STÄDTEREISEN RIO DE JANEIRO
Konzeption: Axel Schenck
Lektorat: Tina Reigl, Katrin Ritter
Anthologie: Eduard Dietl
Graphische Gestaltung: Barbara Markwitz
Herstellung: Angelika Kerscher
Druck und Bindung: Druckerei Uhl, Radolfzell
Papier: gedruckt auf Classen Supra/SCA Fine Paper. Lieferant: Classen-Papier KG

Sonderausgabe für Cormoran in der Südwest Verlags GmbH & Co. KG, München

ISBN 3-517-07983-9